調教師は魔物に囲まれて生きていきます。
Trainer is surrounded by Monsters
七篠龍
illust 竹花ノート
JN175511

目次
CONTENTS

Trainer is surrounded by Monsters

調教師は魔物に囲まれて生きていきます。

オープニング

俺はリュウ。

平民なので姓はない。

今年で17になる。

職業、調教師。

具体的な仕事の内容は牧場で放牧している馬や、乳牛を育てることである。

それでもまぁ、たまにペットの診察をしたりもするのでちょっとした獣医でもある。まだまだ見習いではあるけど。

この職業の適性というかスキルというかこれは町の教会でもらったカードに書いてあるもので、特別自分がなりたくてなるものでもない。もともとはただのスキルで職業もこのスキルがあったから選んだだけだったりする。

実際、俺の腐れ縁の二人は『勇者の卵』と『魔術師』だった。

『勇者の卵』は簡単に言うと勇者になる可能性があるものという意味で『勇者』になれるかは今

後の成長と、どれだけの人達を救ってきたかになるらしい。

ついでに『魔術師』はよくある職業ではあるが頭が良くないといけないのと、生まれもった魔力量が高くないといけない。魔術師は回復や後方支援向きで常に重宝される存在でもある。

ただもう一人の腐れ縁も今では上位職の『賢者』になる一歩手前だとか周りの人達が言ってるのを聞いたことがある。

つまり俺達の中で特別な奴が二人もいたのだ。

ま、その分二人は危険なことにばっかり首を突っ込んでいるらしいが、俺はそんな危険なこと無くしっかりと仕事をこなしている。

ただやっぱり二人と比べてしまうと情けなく感じるのも事実だった。

いつもの朝、今日も変わらず朝が早い。馬と牛達のために牧草を食わせてやらないといかん。あと水も。

英雄二人が帰って来る時でもこっちは命を預かってる立場もあるからなかなか暇ができない。この職員の数も少ないし、給料以外はほぼ割に合わない気がする。

俺と同じぐらいの年の女の子はいない。

はっきり言うとめっちゃ人気のない職業だったりする。町から少し離れているし、職業柄馬と牛達の糞尿を肥料にするために集めるのも俺達の仕事なわけだからまず女性はいない。いたとしても嫁として来た人達ばかりで、正直おばちゃんしかいない。

多感な十代の青年としては泣けるような話なのだ。

昼、買い出しに行ってたおばちゃんが言っていた。町に二人が帰って来るらしい。おばちゃんはその時ぐらい二人に顔を出してきたらと言ったが俺は断った。

だってもう一緒に遊んだ記憶ですらおぼろげになるくらい昔のことだし、もうすでに生きてる世界が違いすぎる。

俺は平民で、あいつらは英雄。

元は同じ平民でも今では立場とかいろいろ違いすぎる。だから俺はもうあいつらとは二度と交わることはないし、きっとその先もあいつらとは何もないのだろう。


ある日の休憩時間、俺は近くの森のなかにいた。ここにはよく休憩時間に来ていて、ただボーッとしていることが多い。

今も二人が帰って来ると言う話を聞いて頭のなかをすっきりさせたくてただボーッとしていた。

ここでは昔、俺と腐れ縁の三人で遊んでいた。

でも三人で遊んでいた時間はとても短かった。

一人は勇者になるために騎士団で剣を振るうようになってから遊べなくなったし、もう一人は勇者になろうとしたアイツを支えるために教会で魔術を学び始めてから遊べなくなった。

どちらも立派な理由だと思う。でもやっぱり子供の考えだから寂しい感情の方が大きかった。

だから『調教師』のスキルを使って犬やら猫を遊び相手にしてた、猟師の狩猟犬の世話と称してそいつらで遊んでた事もあったし。それの延長線なんだろなぁ～この人気の無い職業にしたのは。

そんな時、がさがさと音が鳴った。

何だろうと思いながら音の方に向かうと一匹の狼がいた。

とても綺麗な狼だった。夜のように黒い毛並みに月明かりのような金色の瞳、四肢は細く長い、その体は無駄な贅肉が一切なく、しかし痩せ過ぎていることもないように見えた。そんな綺麗な狼がそこにいた。

どうやら猟師の罠にかかったらしい。ガシャンガシャンと後ろ足を引っこ抜こうと、もがいていた。

はっきり言っておくと狼は俺達人間にとって邪魔な存在だ。

うちみたいな小さな牧場では牛一匹でも失えば大赤字になるし、めったにない事ではあるが人も襲う。

実際ギルドでは狼を駆除する依頼だって来る。

つまり一言でいうと害獣と言う奴だ。

普通なら見て見ぬふりをするところだが俺はこの狼を助けることにした。

俺はこの狼を見てもったいないと感じたからだ。あまりに美しすぎるこの狼がここで死ぬのはもったいない。そう感じたからこその行動だった。

俺が動くと狼も俺に気付いて威嚇する。でも俺は気にせずそいつに近付いて罠を外そうとする。そして思いっきり俺の腕に噛み付いた。当然のことだと思う、いきなり現れた自分を殺すかもしれない相手に会えば当たり前の行動だろ。

ただこの牙めっちゃ痛って！　犬や猫に噛まれた事はあるがここまで痛くはなかったぞ！　本気で食い千切ろうとしてンなこいつ！

それでもまぁ痛いのを我慢しながら罠を外したらすぐに離れた。

たださっきの罠のダメージのせいか後ろ足を気にしながらこちらをじっと見ている。

だから俺はこいつに向かってポーションをぶっかけた。

かかった後すぐまた威嚇を始めたが足の傷が治ってるのに気付くとまた不思議そうな顔をしているように見えた。

「ほれ、さっさと逃げな」

そういった後、俺は牧場に向かって帰る。普通は野生の獣に背中を見せてはいけないが、さすがに今回は襲われたりはしないだろう。

少し歩くとガサガサと音がしたので振り返ってみるともうその狼はどこかに行ったようだった。

一章　狼に拉致られる形で冒険が始まりました。

狼を助けたその日の夜。

何となく眠れなくて窓から月を見ていた。思い出すのはあの綺麗な狼の事ばかりだった。

まさかあそこまで綺麗な生物が存在するとは思ってもみなかった。

ウトウトとしてきたのでそろそろ寝ようかと思った時、狼の遠吠えが聞こえた。

牛と馬が襲われるとヤバいので慌てて着替える。

俺には戦闘能力は皆無なので牛や馬が全て舎に居るかをチェックするのが俺の仕事になる。

それが終わったら外で狼が来ないかを警戒する。昼間は助けたが牛や馬を襲うならこっちだって戦うしかない。

ただやけに遠吠えが多い？　あっちこっちから聞こえてくる。

まぁいいか、まだ被害が出たわけではないようだし狼を見たという報告もない。

このまま何事もなく過ぎるというならそれで良い。

人間同士の喧嘩ぐらいならどうとでもなるが殺し合いはしたこと無いんでな、それに狼に食われて死ぬのも嫌だし。

そう思いながら牛舎の前を陣取っていると何かが吠えた。

吠えた方を見るとあの狼がいた。

昼に会ったとてもきれいな狼が、群れの仲間だと思われる狼達と共にいた。

夜の闇に紛れて金色の瞳だけが相手の位置を教えてくれていた。瞳の数を数えるだけで十匹以上はいると思う。

これじゃ勝てん。死ぬ気もないが牛と馬達を食わせるわけにもいかない。

さてどうしたもんかな？

『こんばんは、良い月夜ね』

声が聞こえた。凛としたハスキーボイスでたぶん、俺に聞いてきた。

「ええ、良い月ですね」

とりあえずそう答えるしかなかった。たぶんこいつらはかなり上位の魔物だ。

魔物は基本、人語を話すことはない。

理由は二つ、一つは人語を話すのは長命種であり長い時間をかけなければ覚えることはないというもの、もう一つはただ単に人間を見下しているだけだ。

長命種、有名なところではドラゴンや悪魔なんかが多いが、どれも人間なんて取るに足らない相手でしかない。相手になるのはそれこそ『勇者』ぐらいなものでその他の人間じゃあ国一つ分集ま

っても勝てないらしい。

そんな奴が俺に何の用なんだか……

『今日はあなたに質問があってきたの』

「質問ですか？　自分に答えられるものでしたら何でもどうぞ」

とりあえず下手に出ないと一瞬で殺される。

『あら、素直なのね。ではさっそく聞かせてもらうわ、あなたはなんで私を助けたの？　貴重なポーションを使ってまで』

さてどう答えたものかね。

素直にあなたが綺麗だったので、なんて言って信じてもらえるとは思えないしかと言って適当な嘘ついたらそれはそれで殺されそうだし。

『早く答えなさい。私はそんなに気が長くないの』

やっべ、これはさっさと答えねぇと。しゃーない、一か八かで正直に答えるしかないか。死んだら死んだで諦めよ。

「あなたがあそこで死ぬのは勿体無いと考えたので助けました」

『勿体無い？　何が勿体無いと思ったの？』

後ろ足で頭掻きながら聞くのはやめろよ、余裕丸出しかよ。

「綺麗なあなたがあそこで死ぬのは勿体無いと感じたので助けました」

その言葉を聞いて狼はピクリと耳を動かした。そしてやけににおいを嗅ぐ様な仕草をしたと思ったら急に笑い出した。

『何よその理由！　人間が私を綺麗だと思ったから助けた！　長い事生きてきたけどそんな理由で助けたのはあなたが初めてよ！』

そう言って思いっきり笑ってるところすみませんけどね、そっちのお仲間の一部が思いっきり威嚇してきているのをやめさせていただけませんかね？　めっちゃ怖いんですけど。

『本当に面白いわ、あの遊びで助けた数少ない人間の中でも特に稀な部類よあなたは!!』

へ、遊び!?　あれ遊びだったの！　なんだよそれ助ける必要無かったじゃん。

てかよく信じたな綺麗だって言ったところ。

『ねえ私あなたの事を気に入ったわ。名前は？』

「え、あぁ自分は『畏まって言わなくていいわ』……俺はリュウだよただのリュウ」

人のセリフに割り込むな。つーか逆にタメ口で良いんだ。

『リュウね……珍しい名ね。リュウ、今からあなたは私のものよ。異論は認めない』

……はい？

狼は仲間になにか伝えると他の狼達がキャンキャン鳴いてたけど狼が黙らせた。なに、これからどうなんだ？

「えっと、私のものっていったい？」

『そのままの意味よ。今からリュウを私のペットとして連れて帰ると言うことよ』

はあ!?　何だよその突然すぎる展開は！　俺をペットとして連れて帰るとか!!

『じゃ行くわよ』

そう言って大型犬程の大きさから十メートルぐらいの大きさまで巨大化して俺を咥えた。

「ま、待てってて！　何処に行くんだよ！　後、せめて荷造りぐらいはさせろ！」

『荷物なんて邪魔になるだけだから要らないわよ。それと何処に行くかはすぐ分かるわ』

そのまま俺を咥えてどっかに走り出したのだった。

……………マジどうなるんだろ俺。

こうして始まった俺の冒険。今の状況はでっかい狼に咥えられどこかに移動中です！

……いや～何だろうここまで不思議体験になるとハイテンションになるのは何でだろ？

何処に向かってるのかも全然分かんないし、とりあえず聞いてみるか。

「あの～俺はいったい何処に向かってるんでしょう？」

『森よ』

何処の森だよ。

「何処の森でしょうか？」

『この大陸の中心の森よ。人間達があの森を何と呼んでいるかは知らないわ』

大陸中心の森？　確かそこって……

「確かそこって高位ドラゴンやら高位の精霊とかが住んでる森のことですか？」

『そうよ。それからいい加減その言い方はやめて、気に入らないの』

あ、すみません。だから俺を咥える力を強くするのはやめて、地味に恐いから！

「わかったやめる。けど何でだ？　お前ら高位の魔物はプライドが高いって聞いたんだが？」

『……ただの私の性格。皆私に遠慮してつまらないから、ペットのあなたにまで気を使われるのは私も疲れるのよ』

ふーん、結構さばさばした性格と言うか気を使われるのが疲れるって魔物でも同じなのか。

「意外だな。もっと、こう何て言うんだ？　傲慢と言うか人間を見下すイメージがあったからやっぱり意外だ」

『あら、それは間違ってないわ。人間なんて私達より短い命だし、力も無い。そんな存在見下すなって方が変よ』

「じゃあ何で俺は良いんだ？　ただ気に入ったってだけで」

『…何となく、よ』

何となくって答えになってねーよ。ったく。

でもま、何となく気に入った奴と一緒に居たいってのは分かるわ。俺も独りで友達は犬猫っつー悲しい過去をもった寂しい人間だし。

『もうすぐ着くわ』

ん？　ああ、本当だ。『大森林』だ。


『大森林』、正確には『大陸中央精魔龍の大森林』だったりする。

『精霊』『魔物』『ドラゴン』の三竦みがいるバカでかい森だ。

大森林は国によって言い方は違うらしいが、だいたいは『大森林』で通じる。

基本的にさっき言った三種は仲が悪いと言われている。

『精霊』は樹木や湖、大地などからひょっこり生まれるらしい。精霊の本体となる樹木などは、人間には切り倒すのは難しいが昆虫型の魔物に喰われたり寄生され苗床にされたりする事もあるらしく魔物を嫌っている。

『魔物』は獲物を喰らい繁殖するので最も生物に近いと言われている。獣、鳥、昆虫、魚類型と種と数が多いのも特長の一つだ。ただ生物に近い分、種が違うと獲物にされるので魔物の中で食物連鎖はよく起こる。

最後に『ドラゴン』だが俺はよく知らない。ドラゴンも魔物同様に繁殖はするらしいが、生物の進化によって生まれたのでは無いらしい。歴史的に見てもドラゴンは突然現れ、その強大な力で町や国を滅ぼすらしいが、理由は不明だとか。

そして俺は英雄どころか戦士でもない、これから俺が暮らす場所になるのだろう。

……即死しないよな？　俺。

狼達は俺を咥えたまま森の中に入る。

大森林の浅い所かと思っていたが狼達はどんどん森の奥地に走って行く。

そして着きました！　大森林!!　しかもめっちゃ深い所で降ろされた！　何もしてないのに涙出てきた！

しっかし本当にデカイ森だよな、森に入ってから数分かかったしな。

ま、今は後悔より目の前の連中に集中しないとだめか……

目の前に居るのは狼の群れ、数は……ざっと二十匹……いや、俺を拉致ってきた連中も含めれば三十四匹ってとこか。

結構多いな。普通の狼の群れなら少なくて三匹、多くて十匹いるかいないかって所なんだが、一番多い状態の三倍近くとなるとここのボスがかなり強いか、ただ単に大家族なだけか……判断を間違えたら集中攻撃くらうはめになるかも。

特にヤバそうなのは少し白髪が入った真ん中の一番デカイ狼、多分あれがボスだ。

あぁ、マジでヤバい。何がヤバいって俺を取り囲んで皆で威嚇してんだよ、すでに。

『娘よ、その人間は何だ？　なぜここに連れて来た』

『私が気に入ったので連れて来ました』

この二匹親子だったんだ。そして俺、気まずい。

『理由を聞いている』

『私が気に入ったからだと言ったでしょう、それが理由です』

『理由になっていない!!』

っだ！　何だよ今の、視線ぶつけられただけで全身がかなり痛かったんだけど!?

そして娘の方はさらっと流すなよどんだけ強いんだよ！

ヤッパ駄目だ、この森で生きていく自信ねぇよ……周りが強すぎる。

『おい、貴様!!　貴様は娘と何処で知り合った！』

俺に矛先が向いた！　何処って言われても、

「職場の牧場の近くの森で知り合いました！」

『どうやって知り合った！』

「罠に掛かっていたところを助けたのがきっかけです！」

『娘が人間の作った罠などすぐ壊せるわ!!』

「罠に掛かったふりをする遊びだと、この狼は言ってました!!」

『またそれか…』

あ、何かボスのテンション下がった。途中まで変なテンションだったけど何か落ち着いた。

って狼や、その目は何だ？　そして鼻先でツンツンするのは何だ？

『余計な事は言わないで』

余計って、仕方ないじゃん。お前の親父さん恐いし……

『とにかくそれは元の場所に返してこい』

……本当に娘が勝手にペット拾ってきて困ってる父親じゃん。

『嫌です』

『…それが何の役に立つ？　力も無い、魔力も無い。そんな存在を引き入れてどうする』

『これは『調教師』です。これならお祖父様の具合も少しはよくなるかと』

するとボスは俺の方を見た。何か品定めをしている様にも見える視線。それに狼の爺さんの話もでてきたし、何か訳有りみてぇだな。

『これがお義父様を救うとでも？　お義父様は寿命だ。その人間でも救えん』

『それを知るために連れて来たのです』

よくわからんが狼の爺さんは死にかけってとこか？　その理由を知りたいために拉致った、てことで良いのかね？

ま、とりあえずこの会話に参加しないと次に行きそうに無いな。

「親子喧嘩中悪いがその爺さんに会わせてくれないか？　俺がそいつを診断してやりゃ良いんだろ？」

『貴様、生意気な口を!!』

「俺を連れて来たこいつはその爺さんを診断して助けられるなら助けたい。でもあんたが言うように寿命なら俺にもどうしようも無い。ならとりあえず診せろ」

『リュウ?』

こいつは俺を不思議そうにしてるがこいつが一番手っ取り早い。

『……ならやってみせろ。その代わり診た後は消えろ』

「構わない。でも情報が欲しい、お前らの種族、その爺さんの歳、後いつからその状態になったか教えろ」

ボスは舌打ちした後背を向けると『来い』とだけ言った。

『ねぇ、あんな事言って大丈夫なの?』

「大丈夫って何が?」

『お父様にあんな大口叩いて』

「とりあえず診てみないとわからん。それより情報をくれ、お前らの種族は何だ?」

『フェンリルよ』

「……予想はしてたがヤッパ伝説の魔獣かよ」

神喰狼(フェンリル)、現代においてもはや伝説の中でしか知られていない魔獣。

伝説に書かれている内容にはその爪で全てを切り裂き、その牙で命を喰い殺すと書かれている。

まさかそのフェンリルが一種族として繁栄してるとは思ってもみなかった。

『知ってるの、私達の生態を？』

「まさか、知ってると言ってもおとぎ話や伝説がいいところだよ。たった百年も生きられない人間が、伝説になるような存在をどうやったら調べられると思うんだよ」

『自信があるように見えたからよ。だからてっきり私達の生態でも知ってるのかと思って』

「自信あるように見えたんなら、それは調教師としての自信だろ。生態を知ってるからじゃない。それよりその爺さんの症状といつからそうなったのか教えろ」

まずは情報だ、全部そっからだ。

『原因は皆分かってるわよ……』

分かってる？　なのに治せない？

「どういうこった」

『簡単よ、お祖父様の不調の原因は魔力不足。しかも私が『名前』をせがんだせいでね』

あぁ、何となく判ったわ。

となると治療法は……

『着いたぞ』

ん？　あ、この狼か。

確かにすんげぇ年季が入ってるな。

全身白髪だけど目力は強い、がその肢体はガリガリに痩せ細っている。

ただ色々と言わせてくれ、何で病人を地べたに寝させてる。いや何も無いからこうしてんだろうが。

『……何者だ？』

よろよろと起きようとする爺さんを慌てて隣にいた白髪の狼が支えた。

「初めまして爺さん。俺はあんたの孫娘に連れて来られた調教師だ。あんたの病気を治しにきた」

『これは治せん。分かるじゃろ』

「治せるよ爺さん。と言ってもあんたがそこまで死にたいのなら治さない。俺は患者の意思に流されやすい性格でね、よくやぶ医者扱いされるクズだよ」

この言葉にぎょっとしたのは狼だった。

この爺さんを助けたくて連れて来たのに、治さないと言った様なものだと感じたのだろう。

『ほら見ろ。所詮下等な人間の言う事だ、我々を騙す気なのだろう。娘よこれを元の場所に返してこい』

『待って下さいお父様!!　この人間は死にたいのなら、と言いました。つまりお祖父様が生きたいと言えば治すのですよ!!』

隣でまた親子喧嘩が勃発したようだが俺には関係ない。

どうする爺さん。ＹＥＳ or ＮＯ？

『………本当に治せるのか？』

「治せる」

俺は自信満々に言った。治せないものを治せる、と言うほど愚か者じゃないさ。

『何が望みじゃ。人間は欲深い』

お、話が早くて良いね。

もちろん望みはあるし、欲も深い。

「望みは簡単だ。しばらくこの群れに居座らせてもらう。それが望みだ」

『理由は』

「生態調査さ。伝説の魔獣を近くで観察しながら生きるならこれ以上ない環境だ。もちろん他の人間に公表する気はない」

最後のはこいつらへの配慮って訳じゃなくただの独占欲だがな。

『本当じゃな？』

「くどい」

『では頼んでみようかの』

『お義父様!?』

『お祖父様!!』

親父さんと狼が真逆の反応で面白いな、これ。

でもま、とりあえず治療に入りますか!!

「あ、ところで爺さんの牙は健在か？」

『当たり前じゃ。身体は弱ろうと牙は死後も生きる』

「大丈夫なら良いんだ」

てか死後も生きるってどういう意味だよ？　ま、何かの比喩かもしんないけど。

とりあえず準備だ準備、ズボンに入れてたろくに切れないナイフで左腕の毛を剃る。次に消毒したいんだが……酒もないし水できれいに洗うか。簡単な魔術なら使えるし、自分で水を出して洗う。

これ結構野蛮な治療法だがこいつらは気にしないだろう。

なんたって野良だし、野生だし。

あと、外野の狼どもはジッと俺見るな。

「そんじゃ治療始めんぞ爺さん」

『儂は何をすれば良い？』

「簡単簡単、俺の腕を噛んで血を流させろ。そしてその血を飲め」

『それだけか？』

「それだけ」

『ふん、嘘臭い』

『お父様!!』

まぁそりゃそういう反応は当然だよな。

でもな親父さん俺が血を流せたらこれがどれだけ手っ取り早い治療かすぐに分かる。

「早く噛めよ爺さん」

『うむ』

「あ、骨は砕くなよ」

『わかっている』

そして爺さんは俺の腕に噛み付いた。

『こっこれは!?』

あぁ痛って。マジ痛ってぇ。

けど分かったろ。俺の血肉には大量の魔力がある。

しかもその量だけなら伝説の魔獣の魔力不足を補えるほどの魔力が。

『ちょっと、どういう事！　これほどの魔力が有るのに『調教師』だなんて、これだけの量なら！』

「勇者以上だよ、まぁ訳有りだけど」

『訳有り？』

「そう、訳有り。簡単に言うと魔力量が多すぎて体の方が付いてこれない。全力で力を使えば俺の体が爆散する」

『つまり魔力量が多すぎて逆に力が出せないって事？』

「そうそう。普通は訓練やら修行やらで魔力が上がっていくはずなんだが、俺は生まれつきこんな魔力量でな。しかも歳を重ねるごとにまた魔力が上がる。おかげでガキの時はよく体調を崩してた」

溜めきれない魔力は熱になって散らされるが、おかげで親に心配ばかりかけていた。

「だからこの機会にここで体でも鍛えようかと思って」

『だからここに住む事を条件に？　生態調査の事を言った時は嘘の臭いはしなかったけれど、そっちが本命かしら』

「まぁねぇ。でもお前らに興味が有るのも本当」

『食えない人間』

爺さんに噛まれて数分後。

『もう大丈夫じゃな』

そう言って俺の腕から口を離した。

毛並みも初めて見た時より艶もあるし、弱弱しかった肢体には力が入り、その地を踏み締める姿はまるで獣の王の様なオーラと風格が漂っている。

と、言っても病み上がりなのは変わらないので念のため触診したが何ともなかった。

「流石伝説様だ。魔力を補っただけでここまで回復するとは」

『お主の魔力が良かったからの。それよりその魔力を使いこなしたいと』

「ああ、流石に町やらで特訓する訳にもいかないからな。ここなら人もめったに来ないだろうし、いい修行場になる」

『それは構わん。しかしまずはここで生きていく力を手に入れんといかん。でなければすぐに死んでしまうぞ』

え、そこからなの？　俺の修行って、そっから始まるの？

『お義父様！　それはいけません!!　この様な人間を群れに入れるのですか!?』

『何を今さら。儂を助ける代わりに儂らの群れに身を置くのが条件じゃったろ』

『それはそうですが、この人間はあまりにも不審です!!　あの力が我らに向けばこの群れは滅んでしまいます!!　未熟な今の内に殺してしまいましょう!!』

ヤッパ納得しない奴も出てくるか。

どう説得するかなぁ。

すると爺さんからとんでもない殺気が!?

『貴様、儂の命の恩人を殺すと言ったか？』

なにこの殺気。向けられてない俺もメッチャ怖いんですけど!!

って逃げるな外野の狼ども!!　いや本当逃げないで、本当に怖いんだって!!

『やっぱりお祖父様は凄いわ、これほどの殺気を放つなんて』

「お前の爺さん何者だよ」

『お祖父様は初代フェンリルよ。修行と進化を繰り返すうちに今の存在になったそうよ』

初代か、納得。

そりゃ強いに決まってる。

だって親父さん完全にビビってるし、周りの連中が逃げ出す訳だ。

「なぁ爺さん。ここで生きていくのに必要な力はどのぐらい要るんだ？」

とりあえず話をブッタ切ろう。このまんまだと話が進まん。

『む、必要な力はかなり多い。しかも人間のままでは我々の領域までは多くの壁があるぞ』

「人間を辞めろ……か。ま、良いよ別にそのぐらいなら」

『案外あっさりしてるのぉ。恐ろしくないのか？』

「怖いか怖くないかの二択なら怖いよ。でも何も出来ずに死ぬよりはマシだろ」

『平然と言うのぉ』

苦笑いしながら爺さんは言った。

狂ってるのは自覚してる。

でもやっぱり力は欲しい。そのぐらい良いだろ？　男なんだからさ。

『まぁ良い。力は持っていて損は無いからの、欲しけりゃ持って行くが良い』

ヤッパ楽だわー、魔物は力を得ようとすることに疑問を持ったり、なぜ得ようとするかいちいち小煩くない。

「そんじゃ稽古でも付けてくれるのか？」

『まだダメじゃ。今やったら一秒も持たん、まずは体作りからじゃ』

そりゃそうか、とりあえず今後の方針が決まっただけでも良いか。

こうして俺は狼達の群れに入る事になった。

そこで小さな疑問が浮かんだ。

「ところでさ、お前の事は何て呼べば良いんだ？」

爺さんの話が終わった後、俺は狼と一緒にいた。

詳しい話は親父さんのお仕置きの後となった。

ただ俺へのお目付け役は必要だと言われて狼が選ばれたので、終わった後も一緒にいた時に、ふと思った事を口に出していた。

『そうね……お嬢様、かしら？』

「畏まったのは苦手じゃなかったのか」

『ここではそう簡単に呼ばせる訳にもいかないのよ。《名》はとても大事なものだから』

どうもそうらしい。人間から見れば普通にある名前は、魔物から見るのとはまるで違う意味になる。

魔物に《名》を与えるのはその存在を肯定する行為になるらしい。その際名付け親は与えられる側に魂の一部を分け与える、とまで言われている。

実際下級の魔物を使って様々な魔物と契約しようとした者もいたらしいが、そいつらは使役する前に魂が朽ちて死んだ。

しかも魔物によって消費する魂の量は変わるので、様々な魔物の名付け親になろうものなら、魂を全て魔物達に与える事になるので、とても危険である。

実際、魔物に《名》を与えるのは禁忌とまで呼ぶ国もある。

つまり魔物に対する《名付け》は魂を消費する危険な行為になる。

「それじゃぁ……お嬢でどうだ？　あんまり畏まってないだろ」

『う～ん。ま、無難じゃない』

「そんじゃ今からお嬢で」

決まったな。

やっぱり呼び名がないと不便なんだよ。

『私はリユウって呼び続けるから』

「ああ。問題ない」

で、その日の朝から修行初日になった。

内容はお嬢達と狩りをすることだった。

俺に合わせて弱い魔物『豚頭魔獣（オーク）』が今回のターゲットらしい。

「てか、狩りそのものが初めてなんだけど……」

『人間は狩りをしないの？』

「するっちゃするが……」

だってほら、俺平民だし……調教師だし。

狩りも職業『狩人』とか『騎士』の戦士職の連中だし。

『人間ってそのショクギョウを気にしすぎじゃない？』

……そうかもな。でも俺は違うぞ、調教師だけど頑張ってますよ。

「でも武器になりそうな物ぐらいはくれよ。俺、丸腰だぞ」

『それは大丈夫よ。お祖父様からこれを貰って来たわ』

そう言って咥えていた物を俺の前に転がした……牙の欠片？

「これ何の牙だ？」

『お祖父様の牙よ。お祖父様はこれもお礼に渡せと仰っていたから』

爺さんの牙？　これ希少どころの値打ちじゃねぇぞ。

大きさは短剣ほどか？　リーチはないけど使い勝手は良さそうだな。

「後で爺さんに礼を言っとかないとな」

『そうね。でもオークをお土産にした方がもっと喜ぶと思うわよ』

はいはい、狩りに行きたいのね。りょーかい。

そんで早くも森の入口周辺。

オークの居場所はお嬢のお供が索敵してくれるので楽チンなのである！

『そのうちリュウ一人で出来るようにならないとね』

……そのうちな、そのうち。

まずは体作りだし。

で、しばらく歩くとオークが六匹いた。

こうしてオークをまじまじと見るのは初めてだ。本当に豚が二足歩行してる！

『リュウ。あなたはオークを一匹仕留める事が出来れば良いわ、他のオークは私達が仕留めるから一匹に集中しなさい』

「ありがとう。助かる」

それじゃどのオークが良いかね。ある程度知能はあるのか武器持ってるんだよな。

と言っても棍棒程度だから殴られたら痛そうぐらいか？

でも相手は魔物だし油断大敵か、出来るだけ避けよう。

「攻撃のタイミングは？」

『好きにしなさい』

俺に合わせてくれるのか。ありがたい。

「じゃ、行くか」

お嬢達も駆け出す体勢をとる。

あ、オーク達が何か警戒し始めた。ヤッパ野生の勘みたいなのはどんな生物にもあるもんか。

そしてオークの一匹が俺に気が付いた。

『それじゃ一匹だけ残しておくから頑張りなさい』

一度呼吸を整える。

オークの一匹が気が付いた事で他のオーク達も俺に反応する。オーク達は集団で棍棒を振りかざし、俺に向かって来る。その時お嬢達が草むらから飛び出した。

俺が仕留めるべきオークだけを残し、残りのオークはみんな頭を食い千切られ死んでいった。って速い!!　お嬢達が速過ぎてもう一対一になった!?　どんな速度だよ!!

残ったオークもビビッていたが俺に襲い掛かってきた。俺は転がる様に避けたがオークは鳴きながら迫ってくる。

オークは目をぎらつかせながら俺を食うために棍棒を振り上げる。

けれど俺は出来るだけ冷静になりながらオークの棍棒を持った腕を爺さんの牙で切り落とす!

そのまま後ろに回って次は足!　オークも俺が後ろに回ったのを見て避けようとするが、その前に軸足を切る!　後ろに倒れる間に次は残った腕を切る!

オークが驚いているように見えたが気にせずラスト、首を切り落とした。

「はぁはぁ」

なんとか一匹仕留めた。怪我とかは無いけどやけに疲れた。これが死ぬかもしれないプレッシャーか……

『随分バラバラにしたわね』

「お嬢……」

ヤバイ、起き上がるのもしんどい。

『全く、運ぶの大変じゃない。頭は置いて行っていいけど』

「あぁ、考えてなかった。わりぃ」

安全に殺す事しか考えてなかった。

『最初から頭を切れば良かったのに』

そうぶつぶつ言わないでくれ。

こっちだって必死だったんだよ。

「あぁ疲れた」

とりあえず帰ろ。このオーク達は何か持ち帰るらしいし。

お供二匹もオークを回収している。

だから俺もオーク一匹を担いで帰った。

朝、狩りをした後にちょっとした問題が起きた。

問題とは飯である。

食料はある。正確に言うと朝、狩りで獲ってきたオークだ。

ただ調理道具がなければ調味料も無い。

つまり全部生、マジこのまんまだと腹壊す。

せめて火ぐらいは通しておきたいがフライパンも無い。焦げたの払って食うしか無いのか……

『人間って不便ね』

おのれ野生！　調理は文化の象徴だぞ！　旨いんだぞ！

と言いつつも仕方がないので洗った木の棒を串代わりに焼いて食うしか無いのでそうやって食った。

何か少しずつ野生児になりつつある気がする。

昼頃になって爺さんに呼び出された。

よくはわかんないが修行に関する事らしい。

「爺さん来たぞ」

『おお来たかリュウ』

嬉しそうに尻尾を振る爺さん。俺を孫か何かと勘違いしてないか？

「爺さんいいのか、俺ばっかり贔屓（ひいき）にしてさ？　良く思ってない連中も多いぞ」

『構わん。儂が引き入れたのじゃ、文句があれば儂に勝たねばならん』

爺さんに勝つか、そりゃ無理だな。

「で、修行に関する事って何？」

『それはこれじゃよ』

そう言って鼻先で転がしたのは木の実だった。

「これで何すんだ、握り潰せとか？」

触った感じそんな硬くもないが……

『いやいや、それを食って『耐性』を付けてもらおうと思ってな』

あぁ『耐性』か。つまりこれ毒のある実なのか。

『人間にはそういった毒を少しずつ体内に取り入れる事で耐性を付けると聞いた。ならばリュウも同じ事をすれば良いと思ってな』

確かに『耐性』、もしくは『無効』と言ったスキルは、一人の俺には必須のスキル。手に入れておいた方が良い。

「ありがと、爺さん。ただこの実、そんなに強い毒じゃないよな？」

『安心せい、腹を下す程度じゃ』

爺さんが言うなら大丈夫か。

そう思ったので俺は自ら毒を食ったのだった。

もちろん腹を下したり、舌がしびれるような感覚があったが我慢しよう。

夜になるちょっと前、修行と言う狩りが再び始まった。

今夜の獲物は『雄鶏魔鳥（コカトリス）』だと。

朝は豚肉、夜は鶏肉か。

ちなみにコカトリスは昼間はかなり厄介な相手になる。魔眼持ちで見られると石化されるし、尾の蛇は毒蛇だしでかなりメンドイ。

しかし弱点もある。

まずはコカトリスは鳥目だということ。次に鶏なだけに飛べない。最後に尾の蛇は弱く不意討ちでもして噛まれる前に殺せば良い、ということ。

ただ更なる問題は俺一人で仕留めろと言うところ。

『リュウ大丈夫？』

「大丈夫じゃない」

大丈夫なわけ無いだろ。朝のオークだって初めての狩りだったってのにギルドのB級冒険者のパーティーが仕留めるような大物を初心者でソロの俺が仕留めるだなんて……

『手伝ってはいけませんか？　お祖父様』

『ならん。不満ある者には力を見せるのが早い』

『しかしリュウは私のものです』

『それでもじゃ』

お嬢が心配するとはそれだけの相手になるのか。

『いざという時は助けに入るわい』

なら最初から居てくれ。

『ほれ居たぞ』

あー本当に居たよ、デッカイ鶏が！

今は寝てるから良いけど起きたら手が首まで届かないなありゃ。

えっと尻尾の蛇は……いたいた、まずあれを殺すか。

蛇は切ってもしばらくは生きてるらしいし、頭ブッ刺して殺してから本体の鶏に攻撃するか。

「じゃ、行ってくる」

『死んだり石化しちゃダメよ』

お嬢が俺の顔に頬を擦り付ける。

こんな状況だけどお嬢の毛並みはスッゲー気持ちいい。

「わかってる。死ぬのも石化もゴメンだからな」

さて……一狩り行きますか！

茂みから一気に飛び出し蛇に向かっていく。

って本体より蛇の方が先に起きた!?

まぁ良い、どうせ俺の狙いは蛇だからな！

蛇の首を摑んで頭をブッ刺して殺した。本当に毒にさえ気を付ければ弱いのな。

キェエエエ――――――――！

鶏が怒った！　いや当たり前か、自分の尻尾切られれば当然怒るか。

でもこっちだって死にたくないんだよ！

さて次はどうする、相手は怒ってるし鳥目で向こうから余り見えてないとしても危険なのは変わらない。

ならまず狙うのは足！　鶏なら飛べないはず。動けなくなったところで狩ったらー！

「オラ！」

足狩りじゃ！　て、跳ぶな……って飛んだ!!　鶏のくせに飛んだ!!

マジかよ、鶏のくせに飛ぶのかよ……こうなるとどう攻撃したもんか。ってイッてぇ！　なんだ今の、風で皮膚が軽く切れたのか。

つまりアイツ魔法も使えるのかよ!!　とりあえず木陰に退散するか。

木陰から様子をうかがうとまだ空に居やがる。

となると、こっちも長距離攻撃が出来るようにならんとどうしようもない。

でもどうする？　魔法の知識は精々生活を補うぐらいで攻撃にならない。

俺の使える手札はこの爺さんの牙とあとは…魔力？　待てよ、この牙に俺の魔力を載せて攻撃出来ないか？　よし、やってみよう。

まず俺の魔力を牙に少しずつ流す、どのぐらい必要かわからないから少し多めに注ぐ。じゃ後はぶっつけ本番って事で！

「死ね！」

コカトリスの首を斬るように牙を振るった。

って本当に何か出た!! 黒い線みたいなのが出た!!

黒い線はコカトリスの首を斬り落とした後も暗い空の中に消えて行った。

ほ、本当に殺せた。

首を失ったコカトリスの身体が大きな音を立てながら地面に落ちて、次に斬られた首が落ちてきた。

斬られた断面は今斬られた首をくっつければまた復活してしまいそうなぐらい綺麗な断面だ。

正直これをやったのが俺だと今も信じられないほど現実味がなく、ただ爺さんの牙のおかげで狩れたようにしか感じない。

『リュウ？』

お嬢……そっか見てるって言ってたもんな。

『その、大丈夫？』

「何が」

『何と言うか、寂しく見えたから』

「……大丈夫だろ、多分」

実感が無いだけだろ、あんなデカイのを仕留めた実感が。

『リュウ、良くやったの』

「爺さん」

『これで群れの仲間入りじゃ』

「は、仲間入り？」

『そうじゃ、不満ある者も多いと言ったじゃろ。なので今回の狩りをお主一人で出来れば認めろとな』

「えぇ～」

その為にこの狩りをしたのかよ。

『リュウ！』

力が抜けて倒れそうになった俺をお嬢が支えてくれた。あぁ柔らかい。気持ちいい。

「お嬢、疲れた」

『全くもう』

お嬢が俺を包むように丸くなってくれた、うん暖かくて気持ちいい。

「じゃお嬢、おやすみ」

『え、ここで寝るの？』

「寝る」

ため息が聞こえた気がするが気にせず寝た。

閑話　Unknown

私は笑う。
何故と聞かれたら、嬉しいから。
私の大好きなリュウが強くなるために頑張り始めたから。
私はリュウが小さい頃から知っている。
初めて会った時、リュウの友達が国のために遊べなくなったらしい。
だから私が代わりに遊んであげた。
私は普通の人間の女の子のふりをして一緒に遊んであげた。
私も楽しかった。
こんな風に遊ぶのはどのぐらい昔の事だったろうか？
とにかく毎日、夕方になるまで遊び続けた。
ある日の事、リュウも力が欲しいと言い出した。
なんでも友達だった勇者が大怪我をしたらしい。

魔法使いの友達だった子や騎士団の大人達が頑張って、どうにか死だけは回避出来たそうだ。

それをきっかけにリュウも力が欲しいと、言うようになった。

自分だけ町で親を手伝うだけではなく、その友達だった子達のためにも強くなりたいと言った。

リュウは、泣きそうな顔をしながら言った。

でもリュウの適性職業は『調教師』、たとえ強い獣を従えたとしても、魔物相手では一瞬しか時間を稼ぐ事しか出来ないだろう。

だから私は一つの提案をした。

私がリュウの『従魔』になると。

リュウは私が人間で無い事に驚いたが、すぐ受け入れてくれてまた嬉しくなった。

その後私と契約することでどんな力が手に入れるかと、どんなリスクがあるか言った。

もちろんリスクは事細かに伝えた。

下手をすればリュウの体と魂は保たない。

だから出来れば諦めて欲しかった。でもリュウは諦めてくれなかった。

正直不安だった。だからリュウが契約を成功させた時は驚いた。

私の魔力を狙ってさまざまな人間が契約に来たが、皆私の魔力に耐えきれず死んだ。成功しても狂ったり壊れたりした。

でもリュウは成功しても狂ったり壊れたりしなかった。私の魔力で熱が出やすくなったが、問題と言うほどの問題は出てこなかった。

流石にリュウの魂が気になって調べたら驚いた。

リュウの魂はとても大きく力強く輝いていた。

長い時間生きてきたがこれほど強い魂は初めて見た。

そして確信した。

リュウは勇者より強く、大きくなると。

リュウ、貴方はきっと私より凄い存在になるよ。

だから頑張って。フェンリルのおじ様は少しずつ強くなったからきっと良い目標になるよ。

私もいざという時は助けてあげるね。

だから頑張って下さい。応援してます。

閑話　勇者は知る

私はティア。職業『勇者』。

私達は久し振りに帰ってきた。

大規模な魔物の軍勢を討伐してきたので心身共に疲れた。

でもきっと『勇者』の私はそんな弱音を吐く事は許されない。

そんな事を言ったら騎士団の士気が下がり、危険が増す。

だから毅然とした態度をとり続ける。

私は負けてはいけない。全ての戦いに勝ち続けなければならない。

「大丈夫か、ティア？」

私に声をかけたのは幼馴染みのタイガだ。

職業は『賢者』。私と長い間一緒に戦ってくれている戦友でもある。

「何が大丈夫なの、タイガ」

「今回の戦いでも先陣を切って戦ったんだ。少しは休みを入れた方が良い」

「ダメよ。私は勇者、皆のために先陣を切るのは当たり前」

「休める内に休むのも仕事だ」

「それは普通の戦士がすること。私には必要ない」

「……なら僕一人でリュウにでも会って来ようかな」

「リュウに？」

私が初めて振り向くとタイガはニヤニヤした顔で私を見た。

また引っ掛かったと思っているのだろう。

私達幼馴染みの中で唯一普通の人間だった。

職業は調教師と余り良い職業ではないが私達のように戦場を駆ける事が無い分、平和に過ごしている。

彼は少し不思議な感じがした。

いつも私達に会っても何て事もなく受け入れてくれる優しい人。私達の周りは色々変わってしまった。雑貨屋のおばさんも、精肉店のおじさんも皆子供の私に敬語を使うようになった。もっと言うと私の親戚を名乗る大人がいっぱい出てきた。叔父さん叔母さんなら昔から知ってる。でも叔父さんの叔父さんとかは知らない。

そんな人達がいっぱい現れた。

でもリュウは変わらず私達にタメ口だし、特に気を使っているようには見えない。

そんなリュウが唯一の弱音を吐ける人だった。

「どうするティア。僕は行くけど」

「……私も行く」

「なら一緒に行こうか」

そうね。少しなら問題無いわよね。

久々にリュウに会えると思うと嬉しく思った。

私達はリュウに会うために町外れの牧場に向かって馬に乗っていた。

「さて今回はリュウにどんな話をしようか」

「いつもの下らない笑い話で良いでしょ？」

「ええ、たまには別な話をしようよ。いつも同じ話じゃリュウも飽きると思う」

「ならどんな話にするの？」

そんな土産話の相談をしながら向かっていた。

リュウはプレゼントよりこういった話の方が好きでよく笑いながら聞いていた。

だから今回はどんな話をするかで盛り上がっていた。

話をしながらだったせいか牧場にすぐに着いた。

「こ、これは勇者様。今回はどうしましたか？」

牧場主のおじさんが焦りながら聞いてきた。

ここに来る理由はいつも同じなので普段はこんな事を聞く事はない。

「おじさん、リュウは？」

「それは、その……」

歯切れが悪い。もしかしてリュウに何かあった？

「リュウに何かあったの？」

「あったと言うか、何と言うか……」

「ハッキリ言って」

「ティア、落ち着いて。おじさんも、そんなにびくびくしないで話してもらえないかな」

タイガが落ち着かせるように言う。少しキツく言い過ぎたかもしれない。

おじさんは一度深呼吸すると不安そうに言った。

「リュウは……行方不明なのです」

行方不明？　リュウが？

「行方不明、ですか？」

タイガが聞いた。

「はい」

「一体何時からですか？」

そしておじさんはポツポツと言った。

「二ヶ月ほど前に狼が牧場に現れたのですが、その時にリュウも居なくなってまして……」

「狼に襲われたとかは？」

「全くそんな形跡はありませんでした。ですから余計わからないのです！　リュウは毎日真面目に働いていましたし、馬や牛達に気に入られていたので突然居なくなる理由が!!」

「落ち着いて下さい！　とにかく襲われたとかじゃ無いのですね？」

「それは確かかと」

「だってよ、ティア」

本当にどういう事？　確かなのはリュウはここに居ない事だけ。

「ティア？」

「今日は帰ります。リュウの事、教えていただきありがとうございました」

「いえ、何の役にもたたずすみません」

町に戻る途中。

「タイガ、私リュウの事捜しに行く」

「ちょっと勇者の仕事はどうするの!?」

「勇者の仕事のついでで捜させてもらうだけ。それなら問題無いわよね」

「まぁついでなら……でも何処に居るかは全くわからないよ」

「だから捜すのよ。死んでたら許さない」

絶対に見つけ出すからね、リュウ。

二章　フォールクラウン

あれからどのぐらい時間が経ったんだろ？

この森で修行ばっかりしてたから今日が何日なのか全くわからん。

ただ分かるのは何となく暑くなってきたことだけ、お嬢と会ったのは春頃だったからもうすぐ夏になるのかねぇ。

『リュウ何してるの？』

お嬢が俺を見つけて走って来た。

「ん？　ただもうすぐ夏だなぁって思ってただけ」

『そうねぇ。夏になれば美味しい獲物が増えて嬉しい季節よね』

相変わらず飯が一番かよ。

コカトリスを狩った後、他の狼達に認められた。

お嬢の親父さんもしぶしぶではあったけど認めてくれた。

それからは少しずつ狩りのアドバイスをくれたり、森を走る時何を気を付けるか、組手の相手もしてくれるようにもなった。

おかげで大分狩りも上達したし、身体も大分頑丈になったので感謝しかない。

ただ問題も起きた。

いや個人的には嬉しいんだが、お嬢がよく俺に身体や顔を擦り付けるようになった。

どうもこれが親父さんの逆鱗に触れたらしく、よく追いかけ回される。よく『娘の甘えは私のものだ!!』と本気で殺しにくるので意外とこれが一番の修行だった気がする。

それと驚いたのは親父さんは意外と地位が低かった事。

一番偉いのは爺さん、二番目は爺さんの奥さんの婆ちゃん、三番目はお嬢のお袋さんで、やっと親父さんが四番目に偉いと。

だから親父さんの嫉妬で追いかけ回されると、毎度お袋さんが親父さんを踏みつけるってのがお約束に成りつつある。

だからとても楽しい生活だった。狩りして、組手して、寝るだけだがただ牧場で働いていた時よりとても充実している。

もう一つ問題がある。

それは俺の服事情だ。ずっと着ていた一張羅が完全にボロボロだと言うこと。

むしろここまでよく頑張りましたと、言いたいがもう限界だ。

だから一度町で服を買いに行きたいと感じていた。

「やっぱダメかな」

『何がダメなの？』

「一度町に行って服を買いたいんだよ」

『そこいらの魔物の毛じゃダメなの？』

「そんな服を作る技術は持ってない。できるなら魔物の毛を使った物の方が頑丈で良いんだけどね」

『なら持って行けば良いじゃない。その服を作る人間の所に』

「それはそれで金がいるんだよ」

『人間ってよくわからない仕組みの中で生きているのね』

ま、お嬢が言ってるのも間違いじゃ無い。

「ま、とりあえず爺さんに相談してくるか」

『そうね。お祖父様に聞いてからになるものね』

そんで爺さんと相談中。

『人間の町か……』

ま、そりゃ悩むよな。親父さんが言っていた情報漏洩に繋がる話でもあるし。

『やはり止めるべきでは？』

『私も止めるべきだと考えます』

『しかしリュウには大切な問題ですよ。リュウには我々のような毛皮は無いのですから』

前から奥さん、親父さん、婆ちゃんの順です。

普通に爺さんに相談しに行った時、自分一人で決める問題では無いと判断したので、フェンリルトップ会談と言う、家族会議が始まった。

『まぁ、そのみすぼらしい姿をしていればいずれ当たる問題じゃったか』

『そうですね。上半身裸ですし』

『ふん。獣としては正しい姿ではないか』

『黙りなさい』

親父さんが奥さんに踏まれる。親父さん、いい加減学べ。

『お祖父様、お祖父様の知り合いに人間は居ないのですか？』

『う〜む、流石に人間は……ん？』

『あなた、人間の知り合いはいませんでしたよね？』

『リュウ、一つ質問だが必ずしも人間でなければならないと、いうことは無いかの？』

「ん？　ああ、服さえ買えるなら何処でも良いぞ」

何だその確認？

『なら知り合いの『鍛冶亜人（ドワーフ）』を紹介しても良いか？』

ドワーフか、話には聞いた事はあるが会った事は無いな。

「どんな連中なんだ？」
『背は低いが怪力で手先が器用でな、あやつなら服も作れるじゃろう』
「でも職人気質な奴らは気難しいって聞くぞ。人間だってそうだったし」
『ま、儂に恩もあるし素材さえ有ればこしらえてくれるわい』
素材さえ有れば良いならこっちも楽だ。でもどんな素材が良いんだ？
『とりあえず中央の森で服の素材になりそうな物を見繕うか』
『お待ち下さい、お義父様。この者一人では我々の事を色々と話すかもしれません』
親父さん……踏みつけられているのに言う時は言うのか。
『ならば孫に行かせればよい』
『娘を行かせるのですか!?』
『そろそろ世界を見せておくべきじゃろうて』
つまり俺とお嬢の二人、いや一人と一匹旅になるのか。
『その男とだけは!!』
『いや行かせる。良いな孫よ』
『はい！　リュウと共に旅に行って参ります!!』
お嬢も尻尾ブンブン振っちゃってまぁ可愛い。そんなに旅がしたかったのか？
『お父様それは素晴らしい案です。リュウ、娘をよろしく頼みますよ』

『わたくしからもお願いしますね、リュウ』

「はい!!　承知しました!!」

なんだろう？　奥さんと婆ちゃんからやけに期待されているような……

『グルルルルルゥゥゥゥゥゥ!!』

親父さん恐い恐い。

『では儂とリュウは服の素材を集めて来よう。おまえと娘は孫にあの術を教えてやってくれ』

『『わかりました』』

さて、どんな旅になるもんだか。


朝、森を出てドワーフの国に行く日。

親父さんが朝から踏まれていた。

「えっと？」

『ごめんなさいね、リュウ。この夫（バカ）が娘と離れたくないと』

「ああ、なるほど」納得。

親父さんが俺を強く睨み付ける。いやそんなに威嚇すんなよ。娘と二人旅する相手が気に入らないのはわかったからさ。

「それでお嬢はまだですか？」

『きっとリュウも驚くと思いますよ』

奥さんは笑いながら言った。

一体何に驚くのか期待しながら待つと。

「お、お待たせしました」

綺麗な女の子が爺さんの後ろからそっと出てきた。

漆黒の髪に白い肌、胸は少し小さめに見えるが多分歳は俺より少し下だろうか？　将来性はデカイ。

「えっと爺さん、その娘は？」

『くくく、やはりわからんか。ほれ自己紹介せい』

「えっと、本当にわからないのリュウ？」

向こうは俺を知ってる？　あと爺さんや奥さんの反応を見る限り俺も知ってる娘のはず。そしてこの声はよく聞くお嬢の声と同じ……………ん？　同じ？　え、てことは!?

「もしかしてお嬢!!」

「あはは、バレちゃった」

どうなってんだこりゃ!?　お嬢が人の姿になった!!

「人化の術、成功ですね。お祖母様！」

『ええ、これで少しは人の目を欺く事ができるでしょう』

確かに完成度は高いが……

「その尻尾と耳は隠せないのか？」

「そこはまだ練習不足だし、出しておかないと落ち着かないのよ」

へぇ、そんな弱点があったとは。

『リュウ、孫はご覧の通りまだ術を使いこなしている訳ではありません。なのでわたくし達の代わりに護ってあげて下さいね』

「はい。お嬢は護らせてもらいます」

そう言うとお嬢が顔を真っ赤にして尻尾を振った。

そんなに喜ぶ事かね？

『お父様、これならあれもよろしいのでは？』

『そうじゃのう。だがちと寂しくもあるのう……』

『仕方ないですよあなた。孫も既に女なのですよ』

婆ちゃんが爺さんに顔を擦り付ける。

一体何の話だ？

『リュウ、心して聞け』

いや本当どうしたの？　こんなマジな空気出してさ。

『これからリュウに我が孫娘の真名を教えようと思う』

真名？　お嬢の真名を教える？　ちょっと待て。

「爺さん。お嬢の、いや魔物の名前はばらしちゃいけないものだろ？　何で俺に教えようと思った？」

『その子がお主を強く求めているからじゃよ』

「ペット感覚じゃなかったっけ？」

『そんなちんけな絆なら教えんわい。お主なら問題無いわ』

そんなに期待されても困る。

俺は人間だしお嬢より弱い。

なのに何でそんなに俺を期待できるのかわかんね。

「何でそんなに俺を信頼できるんだか」

『リュウは自分で感じているより義理堅い。そうでなければ孫をやるわけがない』

「ならお嬢を従魔にしても良いんだな？」

『一生添い遂げるなら』

平然と言いやがった。

「なら貰っていく。お嬢、俺の女になれ」

俺は強気に言った。

「なんか強気のリュウも良い」

また尻尾を振った。え、強気でいって良いの？

「じゃ名前教え「いや、止めとけ俺が新しく『名付け』る」

『リュウ!?』

「爺さん。大事な名前だ、それは本当にいつか来る大事な日のために残しとけ」

「でもリュウ。『名付け』は危険なのは知ってるでしょ」

「俺の魔力量はとんでもないのは知ってるだろ？　だから安心しろ、大した事はない。それより俺のネーミングセンスの方が不安だ」

「どんな名前？」

「一応シンプルに『リル』って考えた」

「本当にシンプルな名前だ……」

「やっぱダメ？」

「ううん。それで良い。それが良い!!」

この瞬間、『リル』との間に魂の繋がりが生まれた。

リルの心の温かさ、とても純粋で穢れの一つもない優しい感情。

まるでリルを抱き締めているような、柔らかく、心地いい感情が俺を包む。

この心地いい感覚は絶対に護らないといけない。

「爺さん。リルは俺が護り抜く」

『頼むぞ』

「当たり前だ。たまには連れて帰る」

『その時は曽孫も頼む』

「気が早すぎる。行こうかリル」

「ええ、お祖父様、お祖母様、お母様。行って参ります!!」

『お父様は!!　お父様にも言ってくれ!!』

しかしお嬢改めリルは何も言わず、リルと俺の二人旅が始まった。

カード情報が更新されました。
リル（フェンリル）との魂の契約によって従魔化に成功しました。
よって現在のカード情報は
名前　リュウ
職業　調教師
性別　男
年齢　17

スキル　『調教師』『身体能力強化』『五感強化』『第六感』『自己再生』『威圧』『毒無効』『麻痺無効』『精神攻撃耐性』
魔術　火、水、風魔術　魔力放出
従魔　リル（フェンリル）

こうしてリルと俺の二人旅は始まった。

最初の行き先はドワーフの国。

「ドワーフの国はどんな所なの？」

リルは爺さんに聞いてないのか？

「鉱山の麓にある国らしい。鉱山の鉄を加工して武器を作ったり、鎧を作って大きくなった国らしい」

「あまり美味しい物は無さそうね」

ちょっと残念そうなリル。

でもただの鉱山都市でもないぞ。

「美味いか不味いかは行かないとわからんが、交易都市でもあるから他の国の美味い物はあるかもよ？」

「なら楽しみ」

リルはまた尻尾を振り始めた。そういやリルのキャラが変わってきてるような？

「なぁリル。お前キャラ変わってね？」

「変わったって言うよりは、素の自分でいられてる。って言った方が正しいかも」

「素って、お前そんな子供っぽかったのか？」

「まぁね。お嬢様も意外と大変なのよ。皆の前ではキリッとしてなきゃいけないとか、誰にも甘えず孤高を気取らなきゃいけない、みたいな」

「じゃ今は？」

「リュウとイチャイチャしながら甘えたい！」

そう言って俺の腕にしがみつく。

あの、リルさん。腕に柔らかいものがくっついてますよ？　俺ムッツリだから指摘しませんよ？

そんな俺の邪心に気付かず腕に頬擦りまでしてくる。

そういや、よく考えると普段と変わんない気がする。

俺はよくリルの腹を枕代わりに寝ていた。リルはその時いつも身体を丸めて俺に頬擦りをしていた。

ただ今は、リルが人の形になっているから普段と身長が逆転。俺の方がデカくなって、リルが小さくなった。だからこんな感じになってるのか。

そう考えると何て事ないんだなぁ。

「待てやゴラ!!」

おお、人だ!!　久し振りに見たな俺以外の人間!!

「その荷物全部置いてきな！」

十人ほどの男達が取り囲んできた。

「リュウの知り合い？」

「いやいや、この人達は山賊って言って、他人の物を勝手に奪いに来る人達だよ」

「へぇ。それって凄いの？」

「いや全く」

「テメェら何のんきに喋ってんだよ!!　アンコラ!!」

山賊Aが話してきた。

「頭、良いからさっさと身ぐるみ剥いでやりましょうぜ!!」

「女は奴隷として売っちまいましょうぜ!!」

BとCがAを煽る。

「それもそうだな。殺るぞお前ら！　ガキは殺せ！　女は殺すなよ!!」

「「「おお!!」」」

山賊の集団が襲ってきた。

「どうするリル？」

一応の質問。ま、答えはわかるけど。

「向こうが殺す気ならこっちも殺してあげましょう」

「あいよ～」

そして俺はスキル『身体能力強化』を使って一番近くの山賊を思い切り殴った。もっと正確に言うなら胸を殴った。心臓を止めるように。

実際そいつは直ぐに動かなくなった。

「何しやがった!!」

面倒臭いが半分は同じように心臓を止めた。その時やっと俺の実力に気がついたらしい。

「こ、こいつ強え！」

「なら女を人質に!?」

あ～あ。バカな奴ら、俺より強いリルに手を出すとは。

あれ、でも今は人間型になってるけど戦闘能力はどうなってんだ？

とりあえずリルを見てると。

「触れるな。劣等種ども」

あ、いつもの斬撃でバラバラにしちゃった。

リルは自分の爪と暴風魔術の合体技が一番得意だったりする。

元々この技は爺さんが造ったらしくフェンリルなら誰でも出来る。ただこの技だけならリルは爺さんより強い。

まぁ、つまり残りの山賊はリルが全部殺しました。

「やっぱり人間って弱い」

「そう言うなよ。強い奴は強い、弱い奴は弱い。の一声なんだから」

「そう言うリュウはその人達から何を盗ってるの？」

「金だよ金。迷惑料金ぐらいは頂いていかないと」

「悪（わる）だリュウは悪（わる）だ」

「俺の事嫌いになった？」

「ううん。大好き!!」

「じゃあ問題無い」

こんなずれた二人の旅はドワーフの国まで後三日ほどである。

三日間歩いたり走ったりしていると目的地の鉱山が見えてきた。

「ほ〜、彼処にドワーフの国があるのか」

ドワーフの住む鉱山。その麓に国があるらしいのだが……

「何処だろうねぇ」

遠くから見る限り、国らしき町の影もない。

「とりあえず麓をぐるっと見て回るか」

それしか思い付かないのでそうする。

「後リル。悪いが入国する時は狼の姿になってもらって良いか？」

「良いけど何で？」

「だってお前、カード持って無いだろ」

そう、大体の国に入国する時はカードで身分証明をするのが一般的だ。

逆にリルの場合は狼の姿で俺の従魔と言った方がすんなり入国出来るが、人の姿だと絶対に検問に引っ掛かる。

「て事でリルは狼の姿でいて欲しいんだよ」

「じゃあ面倒だからここで術を解除しとくね」

「ああ、頼む」

そしてリルは術を解除した。

そして入国出来る場所を探して歩いていると行列が出来ていた。

「あのすみません。ここって入国審査の列ですか？」

一番後ろに並んでいた男の人に話し掛けた。

「そうですよ。君はもしかして『フォールクラウン』は初めてですか？」

「はい。魔物の素材を売るのと魔物の素材で服を作って貰おうと思いまして」

「なるほど、それなら確かにフォールクラウンは最適ですね」

と、こんな感じで話を始めた男は商人のマークさん、行商でこの国に来たらしい。

マークさんも審査まで暇だから良い退屈しのぎだ、と言って俺と色々話してくれた。

どうもこの国は鉄を掘り出す時に使った坑道を拡げて造った国らしくこの鉱山の中に国があるらしい。

それじゃぁ外から見てもわからない訳だ、と言ったらその通りだと爆笑していた。

因みにリルは俺の腕の中で寝ていた。暇だ暇だと五月蠅いので抱っこしたら落ち着いて寝た。

そして遂に俺達の審査の番が回ってきた。

「それでは国内で会いましょう」

「ええまた会いましょう」

そして別々の窓口へ。

「今日はどのようなご用件でしょう」

「素材を売りに来ました」

「素材の売買ですね。商人ギルドに登録はしてますか?」

「してません。なので冒険者ギルドで売ろうかと」

「わかりました。素材は何でしょう?」

「全部売る訳ではありませんが、ほとんど魔物の皮です」

「魔物の皮ですね。後拝見してもよろしいですか？」

「はいどうぞ」

面倒なのでさっさと渡した。盗むようならぶん殴れば良いだけだし。

しかし受付の人は中身を見ると「失礼します」と言ってどっかに行ってしまった。

訳もわからず暫く待つと別の人が出てきた。

「すみません。詰所の者ですが少しよろしいですか？」

はぁ？　何で詰所の人が出て来るんだよ？

「えっと何でしょう」

「こちらの皮素材を売りに来た、で合ってますか？」

「はい」

「冒険者ギルドの方で売ると聞きました」

「はい。と言っても全部ではありませんが」

「残りは何に使う予定で？」

「自分の服を作って貰うために残します」

すると詰所の人は悩むような素振りをすると、「こちらに来てください」と、言ったのでリルと一緒に詰所に移動した。

詰所にはこの人の他に二人いた。

何か狩っちゃいけない魔物でもいたのかな?

「どうぞお座り下さい」

「あ、どうも」

と言って座ったけど大丈夫だよな。

「実は今回お引き留めしたのはこちらの皮を国で買い取る事は出来るかの相談なのです」

え、国で買い取る!?

「どれも質の良い素材です。出来れば国で買い取りたいと、上からの話でして」

……マジか。でもなぁ、これ職人の人に見て貰ってから売ろうと考えてたからなぁ。

「……ダメでしょうか?」

「いえ売るのは構いませんがこの国に居ると言う職人の方に会ってからと考えていたもので」

「ちなみにその職人の方とは」

「ドワル・クラウンと言う方だそうです。話では良い職人だとか」

その名前を出した時、周りの人達が固まった。

「ドワル・クラウンと、言いましたか?」

え、何この空気。ヤバイ人なの?

「えっと、知り合いの爺さんに紹介してもらっただけでその人の事はよく知らないのですが……」

すると詰所の人は俺の袋を一目見てため息をしたら小さな声で「この素材じゃあなぁ」と言った。

その後俺を見て言った。

「ドワル・クラウン様はこの国の国王です」

と言った。

…………マジで？

まさか爺さんの言ってた人が王様なんて聞いてねぇよ!!

「ドワル・クラウンさん……じゃなくて様は王様って本当ですか？」

「事実です。ドワル様はここ百年ほどこの国を統治しています」

何てこったい！　依頼しようとした人が王様なんて!!

『リュウ。そのドワルって人がどうしたの？』

まだ俺の腕にいたリルが起きた。どうも寝てたせいで聞いてなかったよう。

とにかく今の状況をリルにも分かるように説明しないと。

『どうも服を作って貰おうとしてた人がこの国のボスだったらしい』

スキル『念話』でリルと話す。

このスキルはリルと契約した時に得たスキルだが、実は使い勝手が悪い。

話す距離に制限は無いが、代わりに『名付け』によって生まれた魂の繋がりを利用したもののようで、簡単に言うと名付けした者か、同じ者に名付けられた者同士でしか使えない微妙スキルなのだ。

と言っても仲間内で相談する時にはこのように便利ではある。他の人に盗み聞きされる心配は少ない。

『そっか。偉いドワーフだったんだ』

『そうなんだよ。おかげで他の人に依頼せざるをえないかもな』

『……そういえばお祖父様がいざとなったら自分の牙をその人に見せれば大丈夫って言ってたような？』

爺さんの牙って俺が貰ったあの牙か？　でもどっちにしても一度会わないと分かんないか……

「あの一度ドワル様に御目に掛かる事は出来ますか？」

「え、お会いするのですか？」

「はい。出来れば売る相手の顔は覚えておきたいので」

「……少々お待ちを」

ずっと後ろで待機していた人が、多分偉い人にこの事を伝えるためにどっか行った。

ところで俺は入国出来るのか？

「あの、入国の方は問題無いのですよね」

「はい。そちらは問題ありません」

あ、それは良かった。入国も出来なかったらヤバすぎる。

「なら話が終わるまで国内を見ていて良いですか？」

「申し訳ありません。ドワル様の連絡が入るまではご入国はお待ち下さい」

それはそうだ。ただ何か情報が欲しいな、とりあえず世間話みたいな内容から話してみるか。

「すみません。国内でこの子と一緒に泊まれる宿はありますか？」

「従魔と一緒に泊まれる宿は国内に入って右側の道を進んで三つ目の宿にあります」

「ありがとうございます。この子寂しがり屋でできるだけ一緒に居てあげたいので、安心しました」

「いいえ、商人が多く来る国なので馬等を停めて置く場所も必要なのですよ」

こんな感じで話をする。ちっこい事でも情報は必要だからな。

「ドワル様がお会いするそうです！」

あ、帰って来た。てか会ってくれるんだ。てっきり代理の人が来るとばっかり思ってた。

「いつ頃になります？」

「明日の十三時に時間を取れるそうです」

「なら、それまでその宿でごろごろしてようかな」

『私美味しいの食べたい』

とりあえず今日はゆっくり休んでから明日王様に会ってみるか。

「では明日お迎えに参ります」

「あ、よろしくお願いします」

やっと入国できた。

それにしても大森林の中央の魔物の素材ってそんなに希少だったのか？　何匹かは俺一人でも狩れるぐらいの雑魚も居たはずだが。

「リュウさん遅かったですね」

「マークさん？　待っていてくれたんですか！」

ヤっべてっきり待ってないと思ってた。

「何か問題でもありましたか？　この国は様々な方達が来るので審査は確かに厳しいですが、余りにも時間が掛かっていたので心配しましたよ」

「いやすみません。どうも素材の確認で時間が掛かってしまったようで」

「なるほど、魔物の革を売りに来たと言っていましたからね」

「それから図々しいと思いますが、冒険者ギルドはどこにあるか教えてもらえないでしょうか？」

「構いませんよ。私もあなたの革に興味があります」

「なら報酬はその革で」

「報酬だなんて、ただの道案内ですよ。『商人』として報酬は自分で作るものです」

あぁ良い人だ。久しぶりの人間が良い人でよかった。

「ではこちらです」

マークさんの案内で目指すは冒険者ギルドだ。

「はい着きましたよ」

「ってはやっ！」

想像以上に近すぎだろ。

「入国後ギルドで依頼の達成や報告のために入り口近くに建てられたそうです」

マークさんは笑いを耐えながら言った。

いやそうだったんだ。マジで赤っ恥だよ。

それにしても立派な建物だ。壁は全部石を切り取ってきた物を積み上げてできた物のようだし、デカデカとギルドマークまである。

『リュウ。ここでお金に換えるの？』

『そうだよ。ここで皮とお金を交換するんだ』

『それじゃ見てくる！』

「おい！　待てって！」

リルが俺の腕から飛び出してギルドに行ってしまった。

「リュウさんも待って下さい！」

それに続いてマークさんも続く。

中に入ると案外人が少ない。まだ疎らに感じる。

「昼は皆仕事に出掛けているのですよ。夕方頃には皆帰って来ます」

つまり皆仕事中なのか。

ってそれよりリルは……いた。人の多さに驚いているのかすぐそこにいた。

「こら、勝手に走るな」

優しく捕まえて抱き上げる。珍しいのは分かったがおとなしくしてくれ。

『リュウ。人間ってこんなに多いの？』

『これでも少ない方だって』

『……そうなんだ』

まだ驚いている様だ。全く可愛いなぁ。

「リュウさん。買い取り受付はこっちですよ」

マークさんが手招きをしながら俺を呼ぶ。

受付はいくつかあった。

一つは一般受付。俺のようなギルドの会員ではない人が依頼を頼んだりする所。

次は冒険者受付。冒険者が依頼を受けたり、達成や報告をする所。

最後は買い取り受付。依頼に関係のない魔物や動物の素材を買い取ってくれる場所。

今回は素材の買い取りなので最後の受付になる。

「こんにちは、フォールクラウン支部にようこそ。今回はどのようなご用件でしょうか？」

「この素材を買い取って欲しいのですが……」

そういや国も何かの素材が欲しいんだったな。なら雑魚の素材一つでいいか。

それで出したのは『超巨大猪（ジャイアントボア）』の皮、丸々一匹分を出した。

体長八メートル程に育つマジでバカデカい猪だ。このぐらいなら問題無いだろ。

「これ売ります」

「しょ、少々お待ち下さい」

あれ？　またどっか行った。ジャイアントボアなんて、ただのデカイ猪だろ？

「リュウさん。一体どこから持って来たんですか!?」

「どこってただの猪の皮ですよ」

「ただのじゃ無いですよ！　ジャイアントボアはA級の魔物ですよ！　そこら辺にいる猪と同じ扱いにしちゃいけませんよ!!」

どうも大森林の生活で俺の感覚は鈍っていたらしい。まさかジャイアントボアごときが人間感覚だとかなりの強者扱いだったとは……。

「あの皮一枚で幾らぐらいになるのでしょう？」

マークさんは考えると。

「金貨五十～六十枚程でしょうか」

五十～六十だと!?　暫く遊んで暮らせる額だぞ。あんな猪一匹で五十～六十枚も儲かるとは。

「お待たせしました。ジャイアントボアの毛皮一枚で金貨六十二枚でよろしいでしょうか？」

六十二!?　マークさんの予想より高い！

「そ、それで良いです」

「ありがとうございました。こちら金貨六十二枚です、ご確認を」

金貨十枚が積み重なった六つと金貨二枚が置かれた。初めて見たぞこんな大金。

「はい、ちょうどありました」

「ありがとうございました、またお持ち下さい」

何か意外な形で大金を手に入れてしまった。

『早く美味しいの食べに行こ！』

『はいはい、わかったから落ち着けって』

「そうだマークさんも一緒に食べに行きませんか？　今ならいろいろ奢れますよ」

「あ、ありがとうございます。ではお言葉に甘えて」

さて先立つ物は手に入れた。後問題は明日の王様か？

明日はどうするか考えている内に早くも次の朝。

王様と会う約束の日だが、本当に会ってくれるのか？

一応昨日の内に礼服って言うのか？　買っておいたが、これで良いのか？

『リュウの今日の服格好良いね』

「ありがと、ただこれで良いのかよくわかんないけどな」

「じゃ私が直してあげる」

人の姿になると俺の服を細かく直してくれる。

「どこで習ったんだよ。俺もよくわかんねぇのに？」

「お母様に習ったの。女はこういう技術も持っておくと良いよって」

言いながら曲がったネクタイを直してくれた。本当良い女だよリルは。俺には正直勿体ない。

「本当、リルは良い女だよ」

「本当！　じゃぁ結婚して!!」

「その前に住みかと金をチャンと手に入れたらな」

むーっと可愛く怒るリルの頭を撫でてあげると尻尾を振った。ヤッパ可愛い。

「リュウ殿。居られますか」

「時間か」

お城の人だろうか？　丁寧な声で聞かれた。

リルが合わせて人の姿を解く。

それじゃ思っても見なかった大博打は当たるか外れるか、賭けに行こうか！


昼になる少し前、俺は一人でイスに座っていた。

リルは別室で待機中、王様に会うのは俺だけのようだ。

俺が待機しているこの部屋も滅茶苦茶豪華だった。

誰が描いたかわからないけど豪華な額縁で掛けられた絵。高そうな花瓶に入った花。フカフカのソファーとイス。庶民の俺には全く分からない値打ち物が多分イッパイある。

ヤッパこれから会うのは王様なんだなぁと、改めて思った。

「リュウ殿お時間です」

「はい」

さてと、とりあえず会ってから交渉は考えてみるか。

昨日の内にマークさんから俺の持っている魔物の皮の価値は聞いておいた。物によっては特別な道具が無いと加工出来ない皮もあるらしいが、買わないと損する物ばかりらしいから俺が気に入らない時は町の技術者にでも依頼するとしよう。

「くれぐれも粗相の無いように」

はいはい、分かってますって。

バカデカイ扉を他の人が開けてくれる。

どうもどっかの部屋とかじゃなくて玉座のある場所で話をするようだ。

謁見の場とか言うのか？　とにかく人の数が多い。周りには全身武装した騎士が大量にいる。逃げるだけならどうにでもなると思うが、リルが別室に居るのも気になる。

いざって時の人質代わりのつもりかな？

俺より強い存在が人質ってのは笑える。

っともう王様の御前か。

俺は跪いて待つ、少ししてカシャカシャと鎧が擦れる音がした。

暫く黙って待つと。

「面を上げよ」

言われたので顔を上げた。

こいつがドワル・クラウンか。

がたいの良いオッサンってのが一番の印象だ。ただ問題はこいつはかなり強いって事だ。今まで強い連中ばっかりの森に居たから分かる、爺さんや親父さん程では無いが上位の魔物クラス程には強い。

俺一人じゃ手に負えないな、戦闘は避ける方向でいこう。

「名と職業は」

「リュウです。職業は調教師です」

「調教師、あの皮は盗んだ物か？」

盗んでねーよ。一応そう言われる覚悟はしておいたがいきなりか。

「いえ、あれは皆で狩った獲物の皮です。決して盗んだ物ではありません」

「……そうか。では、どのような者達と共に狩りをした？　これほどの魔物を狩る者達、ぜひ聞いておきたい」

「彼らに名などありません。ただの狩人でした」

「通り名ぐらいはあったであろう」

「覚えがありません」

　ここはハッキリと言っておかないと。

　爺さんを疑う訳じゃ無いがこのオッサン信用出来ない。俺の『第六感』も信用出来ない、と判断してる。しかもこの反応は危険サインだ。

「まぁ良い。お前の持って来た皮は全て買い取らせて頂く、問題無いか」

「問題あります。一部の皮は私の防具として加工するつもりです」

　周りも反応し始めたか。確実に戦闘に入る準備してやがる。

「では要るものを取れ。残りは買い取る」

「いえ残りませんよ」

「なに？」

「あなたに売る皮は無いと言ったんです」

　分かりやすいぐらいに怒ってる、血管浮き出てるぞ。

「どういう意味か分かって言っているのだな？」

「はい。あなたは信用出来ない」

「その男を捕まえろ」

周りの騎士が俺を捕まえた。

「抵抗しないのか」

「抗ってもムダな気がして」

「そこだけは賢明な判断だったな。牢に入れておけ!!」

さてと。リル後は頼むぞ。


「大人しくしてろよ」

そう言われてブチ込まれたのは少し広い牢屋だった。

今は特に枷は掛けられていないがヤッパ不安だな。とりあえずリルが来るまでゆっくりさせて貰うか。

「新入りか、何で捕まった」

向かいの牢屋から声を掛けられた。

見るとなかなか強そうなドワーフがいた。暇だし少しだけ先輩に関わっておくか、直ぐ脱獄する予定だけど。

「王様に皮を売らなかった罪」

「またそんな理由で捕まえたのか」

ため息をしながらそんな事を呟いた。

「先輩の罪は何ですか？」

「反逆さ、ただ王にそれは止めておけと忠告しただけでだ」

「随分短気な王様だな」

「ああ、大森林に行って大規模な魔物狩りをしようとしたのを止めただけのつもりだったのだがな」

だから俺の皮をあんなに欲しがったのか。少しでも軍の力を強くするために。なんだかんだで俺って森の平和を守った感じがするな。

「何か目標みたいなものってあったんですか？」

「無い。ただの素材集めとして百匹は狩ると息巻いていたがな」

ヤッパ信用しなくて良かった。あのオッサン何か嫌な感じしたんだよ。

「百年も統治してるって言うからもっと凄い人だと思ってたのに残念だな」

「すまんな。ドワル様に代わり謝罪する」

「いや、あんなのの代わりに謝罪されても」

「あれは偽物だ」

なんだって？

「あれは弟のドルフ様だ」

はあ!?　王様の弟だぁ!?

「あれは暴君だ。ドワル様の名を騙り悪政をしている」

「本物は何処だ」

「奥の特別独房だ。鉄の扉に鉄の部屋、しかも力を出せぬように呪いが掛かっている」

そりゃまた厳重な。となると爺さんが言ってたのはそっちか、なら俺のためにもそいつは脱獄させた方が良い。

「先輩、その人脱獄させたらどうなる」

「その前に脱獄出来るのか？」

「良いから良いから、もしもの話ですよもしも。そのまま王位奪還といけますかね？」

「そう簡単にはいかないがそれに近い形にはなるかも知れん」

ふむ、ヤッパそう簡単にはいかないか。面倒臭いな人間社会って……ヤベ完全に魔物の思考だ。

「とにかく俺が出来るのは脱獄とその後の護衛ぐらいかな。政治の事はよく分からん」

「……なぜそこまでする。何か目的があるのか」

「目的はあるよ、ただ今は言わないでおく」

『リュウ大丈夫？』

お、来たか。なら脱獄出来るな。

「リルお帰り。ちょっとお仕事だ」

『お仕事？』

「本物の王様を助けてやるんだ。俺を騙した偽物の王に正義の鉄拳を食らわすのさ。後リルはこっから出たら元のサイズに戻っておいて、ちょっとは驚かせたい」

『ええ、ここは狭いからやだ』

「なら偽王の前だけで良い」

『あの広い部屋なら良いよ。それよりここから出よう』

「そうだな」

とりあえずここから出るのが先か。

そう思って牢を蹴り壊す。『身体能力強化』を使えば簡単に壊せる。

「先輩の牢も壊すのでちょっと離れて下さい」

驚きながらも先輩は隅に行った、では早速壊す。

俺が簡単に檻を壊した事でかなり驚いている。

「ところで先輩の職業は？」

「『騎士』だ。お前の職業は何だ」

本気で不思議そうにしてるよ。

「『調教師』ですよ」

笑いながら言った。

「調教師にそんな力があるはずがない!!　何だ『拳闘士』かそれとも『武術家』か?」

大声出すな。他の奴らにバレる。

「そう言うのは全部終わってからにしましょう。それより王様の所まで案内よろしく」

先輩は不審そうに俺を見たが「こっちだ」と案内してくれる。

『信用出来るの、そのドワーフ?』

『しなきゃ何も出来ない』

リルは首を傾げているが何も言わず付いて来てくれる。

『ところでそっちは大丈夫だったか?』

『嫌な感じがしたから直ぐに逃げたよ。一度外に行ったからまだ外を捜してるかも』

上出来上出来、そんじゃこっちも戦闘準備に入るか。

まずは仲間集めからだな。

「先輩。他に仲間になってくれそうな人って居ませんか?」

「大丈夫だ。ドルフ様に捕まえられた者達の中で私と同等の力を持つ者達を引き入れるつもりだ」

同等ね、そんなのあんまし頼りに感じないが。

「その人達の『職業』は」

「『魔術師』だ。だが高齢でな、動きは鈍い。もう一人はこの国の暗部にいる、捕まってはいない

年寄りか、でもまぁ魔術師なら逆に年食ってる方が頼もしいか？　後は暗部ってのだが？

が今はスパイ活動中だ。後はその部下達だな」

「暗部って信用できるのか？」

「無論だ。あいつら以上に信用できる奴らはいない」

なら良いけど。

先輩がそっと息を潜めて指を指した。

「あそこの角がドワル様が幽閉されている独房だ」

どれ『五感強化』で数とか調べてみるか。

……心臓の音は二つか、目でも確認したいがそっちはやめておくか。

『リル、敵の数は二で合ってるか？』

『合ってるよ、リュウ』

『なら二人で行くぞ。ただ殺すな、後が面倒だ』

『それはそれで難しい』

それじゃ先輩はどうだ？

「先輩って速く動けます？」

「いや、そんなに速くない」

うむ、どっちも使えん。

そういえば先輩って『騎士』じゃん。素手じゃまともに戦えないだろ。

なら俺一人でやるか。相手も雑魚っぽいし。

「じゃ、俺一人でやってくるんで少し待ってて下さい。さっさと終わらせます」

先輩が何か言おうとしたが無視。さっさと潰そう。

まず『身体能力強化』で一気に近付き『五感強化』で相手の殴る所をキチンと確認、後はダメ押しの『第六感』で更に正確性を底上げする。

後は思い切り顔面を殴るだけ。

殴られた二人は思い切り頭をぶつけ、気絶した。

「終わったぞ、早く来い」

呼ぶとリルは直ぐに来た。

先輩は呼んでも来ないので俺一人でさっさと終わらせよう。

軽く叩くとこの扉が厚いのが分かる。殴って壊すのは無理だな。

「リル、牙出して」

『切るの？』

「爺さんの牙なら簡単だろ」

『私が切っても良いよ？』

「ダーメ。リルがやったら本物の王様も一緒に切っちゃいそうで怖い」

リルは頬を可愛く膨らませながらも牙を出してくれた。

ありがとう、と言って頭を撫でると尻尾を振るのは変わらない。

とりあえず扉を切り刻む。

バラバラになった扉の奥に一人のドワーフの王がいた。

謁見の場に居た男より少し痩せているように見えるがその眼光はあの男より鋭い。

「ドワーフ王のドワル様で合っていますか？」

「……………誰だお前は」

「はじめまして、俺はリュウ。ただの調教師だ」

「調教師がよくここまで来たな」

何も無いただの鉄の部屋にしか見えない場所だった。

ただこの部屋に入った時から力が入りづらくなった気がする。

とりあえず返事しとくか。

「おかげで偽王に色々と面倒臭い事になったがな」

「俺の愚弟は元気か？」

「元気なせいでこんな所に居るがな」

「それはすまない。俺から謝罪する」

胡座を掻いて頭を下げようとしたが止めた。

「しなくていい、させるなら弟の方にさせる。それより依頼がある。どちらかと言うとそっちの方を聞いて欲しい」

「依頼とは？」

「これを短剣に出来る存在を捜している。その情報が欲しい」

右手の牙をドワルに見せる。

「手にとって良いか？」

「良いよ。かなり希少(レア)な素材だから傷付けんなよ」

俺はドワルに牙を渡した。

あえて爺さんの事は聞かない。偽王のせいで若干人間不審になってる気がする。

「これは……この牙はフェンリル殿の牙か？　いやあの方が負けるはずは………」

へえ分かるんだ。爺さんが言っていたドワーフはこの人で合っているみたいだな。

「これはそのフェンリルに貰った牙だ。昔の喧嘩で欠けた牙を貰ったんだ」

「なんと！　あのフェンリル殿に気に入られたのか！　お前……いやあなたは一体何者ですか？」

「敬語を使われるのは苦手だ。普段通りで良い、それよりそれを加工出来る存在を知ってるか？」

ドワル王はジッと牙を視ていると何か気迫のようなものが身体から現れ、力強く言った。

「俺に打たせて欲しい！　あのフェンリル殿の牙を他の誰かに任せられない、任せたくない!!　この牙なら伝説級(レジェンド)の武具が造れる!!　おそらく俺にとっても最高傑作になるだろう!!」

何だか滅茶苦茶興奮してるが頼むのは造る所までだぞ。

「その武具は俺が使うが？」

「いや、お前以外に使えないだろう。この牙はまだ素材だがお前以外に使われるのは嫌うだろうな」

「嫌う？　まるで生き物のように例えるな」

「俺達、鍛冶師からすれば鉄も魔物の素材も生きているようなものだ。素材の声を聞き、俺達はその声に導かれて最高の武具を造れると信じている」

素材の声か……嫌な表現じゃない。むしろ気に入った。

「分かった、この牙はドワル王に頼む」

「!!　本当か!?」

「本当だ。ただしこの騒動を終わらせてからだ。後牙の加工はどのぐらい時間が掛かる？」

「…………納得の出来る物を造りたい。最低一月、下手すれば一年掛かるかもしれん」

い、一年か。そりゃ爺さんの牙は頑丈で何でも切れるがそこまで時間の掛かる素材だったとは
…………

「分かった。後必要な道具や素材は俺に言ってくれ、俺の剣だ。俺も出来るだけ協力する」

「それは助かる。おそらくただの炎では熱すら入らん、何処かの強力な魔物の炎が必用になるだろうからな」

火の時点で既に探さんといかんのか!?

ま、まぁしゃーないだろ。爺さんの牙は規格外だろうし……

「とりあえずドワルをこの変な部屋から出よう。出なきゃ加工も何も出来ない」

「そうだな、まずは弟から鍛冶場を取り戻さなければいけないな」

それじゃ一つ喧嘩しますか。

さてと、ドルフに喧嘩売るのは確定として具体的にどうするかが問題なんだよな。

「で、王位奪還はどうすんの？」

「奪還など必要無い、王位はまだ俺にある。だから必要なのは弟を告発する事だ」

「成る程、つまり証拠集めがいると」

「そうだ。ただし弟は策士でな、なかなか尻尾を出さない」

うわー面倒臭い。殴って終わりじゃないのは分かってたがこれは面倒臭い。

「そんな顔をするな。今俺の部下が証拠集めに力を注いでいる。それなりに時間もたつから、お前が証拠集めをする必要は無い」

顔に出てましたか？　これは失敬。

「じゃあ俺は特に何もしなくて良いのか？」

「そうなるな」

なら何処に居ようかな？　牢に戻るのもありか？

『リュウお腹減った』

あー、そう言えばもう昼か。リルは美食家だし牢の中じゃ旨いのは食えそうも無いな。

「ドワル王、悪いが俺達は国の外に出るぞ。問題無いか？」

「問題無い。後は俺の仕事だ」

「もう一つ頼みがある。お前の弟が俺の魔物の皮を盗って行ったので取り返して欲しい」

「……あいつ盗みまでするようになったのか」

「あいつからすれば売らないから奪ったってとこかな？　とにかくあの素材で服作って貰う予定だから返して貰う」

「分かった。まだ売ってなければ返す」

売ってなければ、か。

ま、仕方ないか。ドワルがどうにかできるかは分かんないか。

「それじゃあお嬢、外に行こっか」

『うん』

「隠し通路を教えておく。そこから帰ると良い」

「ありがとドワル。おかげで安全に帰れそうだ」

こうして俺とリルはフォールクラウンから出国した。

ドワルが教えてくれた道からひさびさの外に出た。

「さて、何を食いにいこうか?」

「今日は鳥肉が食べたい」

人間の姿に成ったリルが今日の献立を希望した。

鳥肉か、この辺に居るかな?

そう言えばここって鉱山だし生物っているのか?

「リルこの山に生物の気配ってある?」

「意外といるよ、食べれるかは分かんないけど」

「なら……登ってみるか」

とりあえず飯になりそうな奴を探しながら登ってみるか。

飯になりそうな奴を探しながら登ってみると意外といた。

鉄の鎧を着た鳥や、鉱山特有の蜥蜴頭人(リザードマン)なんかもいたり生物は結構いた。ただ旨そうな奴は鉄の鎧を着た鳥ぐらいしかいない。

「旨そうなのいないな」

「本当だね」

と、言いつつも鳥を焼いている俺。

なかなか旨そうな奴がいないため山の中腹あたりまで登って今は遅めの昼食の準備をしていた。

「やっぱ場所が違うと食える物と食えない物と色々違うもんだな」

「そうだね。まさかここまで獲物を探すのに時間が掛かるとは思ってなかった」

本当な。あれだけ探して旨そうなのが一種しか見付からないとは。

「さてもう焼けたかな？」

少し切って焼き加減を確認しようとしたら。

「ピーピー」

「ん？　おっと！」

あっぶね！　踏むかと思ったぞ。このチビ助。

何かの……雛か？

ふわふわの羽毛に包まれた黄色いのはひよこに似ているがサイズは俺の知っているひよこより一回りデカイ。

この雛は俺とリルを一目見たが警戒心がないのか、真っ直ぐに今焼いている肉に向かう。

「ピー」

翼をばたつかせながらジャンプするチビ助を見るのは大変可愛いが火の中に跳び込みかねないほど跳ぶので俺は手でそっと包むようにチビ助を抱きかかえる。

「火の近くで跳ぶな、危ないだろ」

そう言うがチビ助はただ可愛く首を傾げるだけだ。

どうもあまり火を怖がってない様子で火に気にせず肉に向かって手の中で何度も羽ばたこうとしている。

むしろ火、そのものに向かっているような？

「何だお前、腹へってるのか」

「ピー！」

「リル、ちょっとだけこいつに餌やっても良いか？」

「良いけど……その子も従魔にするの？」

「それはもう少し先かな？　その時俺といたいなら従魔にするし、野生で生きて行きたいならその時は放すさ」

「多分付いてくると思うなぁ」

何か不満そうにしてるが俺はリルを手放す気はないぞ？

「てかこいつ肉食えんのか？」

肉を見てバタバタしてるが本当に大丈夫か？

「とりあえずあげてみたら？」

そりゃそうだが……とりあえず手に載っけた肉を近付けると啄みながら食べ始めた。

「本当に食ったよこいつ」

「なら一安心。私達も食べよ」

身体が小さいせいかほんの少しの量で腹が膨れたようで、うとうとし始めたので居なくならないように懐に入れてから俺も飯を食い始めた。

俺達の飯も終わりゴロゴロしているとリルが俺の横で寝転んだ。

雛も懐から出てまたうとうとし始めた。

何か癒されるねぇ。可愛いのがこう、まったりしているのを見るのは良い。

しかもリルは人間の姿だからくっつくとよけい温かく感じる。

「リュウ今日は暖かいねぇ」

「そうだな、今日は良い天気だ」

「ピ～」

雛も同意するように鳴いた。

「少し寝るか」

「それじゃおやすみ、リュウ」

「ピッ」

おやすみ、皆。

何か身体が重い。ダルいとかじゃなくて物理的に重い。

リルは人間の姿で腕の上にいる、俺の腹の上にいるのは雛のはず、じゃあこの重みの正体は一体？

目線を動かし腹の上を見ると綺麗な羽に包まれた一羽の鷲がいた。

紅の羽に金色の羽が所々にあしらったように美しく、その尾羽は長く、もし飛ぶ姿を見たときそれは優雅に飛ぶ姿が目に浮かぶ。

大きさは普通の大人の鷲と同じくらいか？

ただこいつは何処から来たんだ？　何で俺の上にいる？

全くわからん。

「リュウおはよう……」

「あぁリルおはよ」

リルが目を覚ました。リルはこいつの事を何か知ってるかも、聞いてみよう。

「リル、この腹の上にいるのは何だ？」

「何ってあの雛でしょ。もうこんなに大きく育ったんだ」

雛ってあの俺が拾った雛の事か？　昼寝する前はあのおチビさんがこのサイズに!?

「大きくって成長早すぎだろ……」

「きっとリュウの魔力を食べたんだろうね。だからこんなに早く育ったんだよ」

魔力を食った？　それでここまで育った？　明らかに寝てますよ？

「魔物の生態ってよくわからん」

「そうかな？　強く進化し続けるのが魔物だと考えていたけど」

その力の根源が魔力か。魔力って何なんだ？

いくら考えてもよく分かんないがきっと何か大切なものなんだろう。

そしてその訳のわからんエネルギーが俺の中にある。しかも大量に。

「特に害があるわけじゃないし放っといて良いんじゃない？」

リルがそう締めくくったが今はいっか。その内誰かに聞いてみるか。

そんな話し声が五月蠅かったのか雛……だった鳥も目を覚ました。

「おはよ。よく寝たか？」

「ピッ」

顔を振るとピョンと飛び下りた。

太陽がもう沈みかけていた。

「寝起きで悪いが晩飯の調達に行くか」

「はーい」

「ピー！」

そして俺達はまた獲物を探して山を登るのだった。

次の日の朝。

ただ今鉱山の七合目辺りで起きました。

やっぱ朝日と共に起きるのは気持ちが良いね。

ちなみに他二人はまだ寝てる。

寝ている二人を見て分かった。鳥だけじゃなくリルも俺の魔力を食っているのが判明。

『第六感』を使って魔力の流れを探っていたら鳥よりリルの方が俺の魔力を食っていた。

多分これは魂の繋がりによるものだと思う。

どうも『名付け』による影響は付けた後も続くっぽい。実際リルの体内の魔力量は上がっている。

多分これが『名付け』の影響で『名付け親』が不相応な契約をした場合死ぬ原因だ。

俺は『あいつ』のおかげで魔力が大量にあるから何ともないがきっと素の状態ならとっくに死んでいる。

ちなみに魔力の流れを探っているうちにスキル『魔力探知』が手に入った。

この『魔力探知』は結構使える。『第六感』だと敵意や危険がないと反応しないが、『魔力探知』なら周りの敵意あるない関係なく反応するので楽。さらにこの二つを同時に使う事で広範囲で敵意のある生物が分かる。

まさかこんな形で便利スキルを手に入れるとはよく分かんないもんだ。

『ふわ～』

「ピュイ?」

「お、起きたか。おはよう二人共」

二人を撫でながら言った。

「それじゃ、朝飯にしよっか」

「さて今日はどうすっか……」

朝飯を食った後、独り言のように今日の予定を聞く。

「鳥以外の美味しいの探さない？」

「リルは飯の事ばっかりだな。鳥は……あれ、どこ行った？」

こんな時こそ『魔力探知』。少し調べると少し高い所にいた。

「何やってんの？」

鳥は空を見ながらじっとしてる。

するといきなり飛び出した!!

「え、飛べたの!?」

雛からそんなに時間経ってないのにもう飛べんのかよ。

本当に魔物の成長って早いな。

って、あ。

「落ちたね」

はい、落ちましたね。

でも諦めずにまた飛ぼうとしてる。

「……暫く見守るか」

何か頑張ってるし、応援してあげたくなる。

「じゃあ私も見てよ」

リルは完全に物見客状態か。

とりあえず頑張れ、鳥。


鳥はきちんと飛べるようになったし、今じゃ口から金色の混じった紅い炎を出せるようにもなった。

身体のサイズは既に止まったようで大きくなる様子はない。

最近のお気に入りの場所は俺の肩の上で、よくそこに止まる。

リルも最近はよく俺の膝の上にいる。鳥がお気に入りの場所を作ったからそれに対抗している様にも見えた。

実際俺が片方の頭を撫でていると、もう片方も撫でろと言わんばかりに頭を擦り付けるようになった。

そう言えばドワルの方はどうなったんだろう？　少し気になる。国を追い出される事はないと思うがまた牢屋にぶちこめられてないか気になる。

「今日は下山してみるか？」

いつもみたいに二人を呼んで聞いてみた。

「私は良いよ。鳥肉も飽きたし」

リルは良さそうだが鳥はよくわかってないみたいだ。

「ピィ？」

顔を合わせる様に言ったがやっぱり分かってない。

「一度山を下りてドワーフの国に行かないか？」

「ま、行っても問題ないか」

そう呟いてから立つと鳥は俺の肩に止まる。

「ふふ～ん」

リルは俺の腕に腕を絡ませてきた。

さて久し振りのフォールクラウンはどうなったんだか？

山の三合目あたりでリルも人の姿をやめ、今は狼の姿に戻った。

そっからさらに山の麓に着いた俺達。

ドワルは王位の問題が片付いたら迎えに来ると言っていたが、まだ来てないから終わってない可能性の方が大きいか。

入国する場所から堂々と入る訳にもいかないしな。

そう考えているとと見たことのある顔があった。

「リュウさんここにいましたか」

詰所のおっさんだった。

「あれ、どうしたんです？」

「どうしたじゃないですよ。ドワル王の命であなたを捜していたのですよ！」

捜してたってことはもう終わってたのか？

「そうでしたか、もうゴタゴタは終わったのですね？」

「ゴタゴタ？　まぁ私のような下の者には王のする事はよく分かりませんが」

どうも秘密裏に終わらせたようだ。

ま、これで良いのだろう。こそこそしてた事を無理に表に出す必要が無いならそれで良いんだろう。

「それじゃ、また案内お願いします」

「久しいなリュウ。今まで何処にいた、捜したぞ」

うん、この気配はドワルの気配だ。やっぱりゴタゴタは解決したみたい。

「この山の上の方に居たよ、あんまり離れる訳にもいかないしな」

「この鉱山はそれなりにランクの高い魔物が多くいたはずだが……まぁいい、そろそろお前の頼みを叶えるとしよう」

「それはありがたいが弟はどうなった？」

一応聞いておかないといけない件だ。

あの弟のせいでこっちは面倒臭い事が続いたのだから少しは仕返ししたい。

「弟はそこにいる」

え、いるの？

つい周りを見渡すと以前は居なかったひょろ長いおっさんがいた。もしかしてあれか？　あれが弟のドルフなのか？

覇気も無ければ戦闘もしたことの無い、大人しそうなおっさん。敢えて言うなら知能派、後方支援向きな気がする。

「これが問題起こした？」

つい指を指しながら聞いてしまった。

「そうだ。あれが弟のドルフだ」

そっかあれだったんだ……まだ敵意はあるから油断は危険か？

「ところで俺の皮はあった？」

「あった。きれいにコレクションされておったわ」

なら売られるよりましか。

「それで服を作ってもらうために持ってきたし、ついでに服に加工してくれ」

「王に頼む内容では無いな」

「なら腕の良い職人を紹介してくれ」

「俺を超える職人はいないな」

「ならドワルに頼む」

まるでただの職人と冒険者みたいな会話だ。

実際は王と平民なんだよな。

変な関係。

「リュウ、お前に頼みがある」

「何だ炎の事か？」

「それだけではなく弟に仕事の一つを任せたい」

ほう、何を任せたいのかによるな。

「内容は」

「魔物の皮を使った服の製作は弟に任せ、俺は短剣の製作に専念したい」

服の製作か、牙はドワルに任せられるからそっちは気にしない。ただドルフは信用が無い。

てか腕は良いのか？

「俺が聞きたいのはそいつの腕と信用だ。どうなんだ？　そいつは職人の誇りはあるのか？　わざと不良品を渡されても俺が死ぬだけだ。そんな相手に命預けたくは無い」

正直な感想だ。俺は戦士職ではないが武具の大切さはよくわかっているつもりではある。信用出来ない武具で戦いには出たくない。

そして信用出来ない相手が作った武具など着たくも無い。

「だそうだ。どうするドルフ」

するとドルフは俺の少し前に立ち、頭を下げた。

「今回の件、謝罪させてもらう。しかし弁明はさせてほしい！」

つまり、理由はあったって事か。しかし弁明と言っても内容によるとしか言い様が無いが一応聞いてみるか。

「良いよ。ただし手短にな」

ドルフは一度深呼吸すると言った。

「私は貴方の皮を見たときそれは美しい皮だと思った。どれも滅多に市場やギルドの販売などでは見掛けない、Ａ級やＳ級の素材を一目見て分かった。これは極上の品だと。所持者は調教師と聞いていたのでとにかく金に物を言わせればどうにかなると思った」

……俺の皮ってそんなに良かったのか？　素人の皮剝ぎが？

そんな疑問が出たが話は続く。

「しかし貴方は私に売らないと言った。信用出来ないと。……私は何故か自分でも抑えられない程の怒りを覚えた。兄の真似で王をしている私を見透かされた気分になった」

「もう長すぎ、メンドイ、つまりお前は俺の皮で何がしたかった？」

途中で話を切られ、調子が悪くなったのか少し目を泳がせた後に言った。

「私も作りたかった。極上の素材で、極上の鎧を」

は～、職人ってのは良い素材を見るとみんなこうなるのか？　ドワルも爺さんの牙を見せた時滅茶苦茶食い付いたし。

「腕はどうなんだ？　生半可な技術力じゃ加工すら出来ないんだろう？　魔物の素材って」

「兄の鎧は私が作った武具の一つだ」

何と、英雄ドワーフの鎧は弟作だったのか！

「この鎧に何度命を救われたか、それに手足もよく動く」

「鎧のご感想は？」

「今回は皮だが？」

「問題無いだろう。ドルフは手先が器用だ、俺よりもな」

実力も問題無いか……なら最高の一品のために頼んでみるか。

「なら俺からの条件を言わせてもらう。一つは全力で最高の一品を作ってもらう。二つ、足りない素材は俺が獲ってくるから言ってくれ。三つ目はお前ら兄弟で作れ、以上だ。そっちの条件は？」

俺からは以上。なのにそっちは何で目をパチパチさせてる？

「一つ目は当然として分からんのは三つ目だ。俺達二人に依頼する、と言うことか？」

「当たり前だろ？　どうせ二人同じ所に居るんだ、面倒だから二人でやった方が良い武具が出来そうだし」

「それは牙もか」

「当たり前。二人に俺の命を預ける」

このぐらい言っとけば断りにくいし、格好いいじゃん。

「私もよろしいので？」

「俺は二人に依頼した。あといい加減堂々としろ、王様の弟か？　それでもよ」

いい加減ペコペコされるのは気に入らないし、やっぱこういう関係は対等じゃないといけない気がする。

「なら俺からの条件はまず炎の確保だ。かなりの魔物の炎を炉に入れる必用がある」

「分かった。で、ドルフの方は」

「私の方は今のところは問題ありません」

「それじゃ頼む」

こうして俺の武具製作が始まった。

まず最初に身体中を測られた。

身長、スリーサイズ、肩幅、腕の長さ、太股とふくらはぎの太さなど、マジで身体の隅々まで測られた。

他にも手のひらから足のサイズまで自分でも知らなかった事まで調べられ、ここまでするのか？って所まで調べるから本当に驚いた。

それだけ二人が本気になっているって事だから良いんだけど。

あと炎の確保のためあっちこっち探し回っているが中々見つからず、はや二ヶ月が過ぎようとしていた。

「これでもダメか」

これで何百回目だろう。爺さんの牙で短剣を作る作業は全くと言って良いほど進まない。

最初は炎の温度調節から始まり、炎その物、つまり精霊や魔物の炎を変えながら手探りで進めてきたが、全くかすりもしない。

「あと試して無い炎ってあったっけ？」

「いやこの辺にいる鍛冶精霊や火精霊も試したが変化すら無い……」

「………遠出して炎を持って来るって手もあるが、正直それもダメならメンタルの所で挫けそうだ」

「兄上、リュウ殿。少し休憩を入れましょう」

ドルフが茶を持って来てくれた。この工房は他のメイドさん達も入ってはいけない場所らしく、いつも茶を持って来てくれるのはドルフだ。

「ありがとドルフ。ドワルも一度休憩入れようか」

「しかし……」

「渋ってもダメだ。確認しながら休めば良いさ」

無理やりドワルを連れていく。

工房から少し離れた部屋で茶と菓子を食べて一服する。

「ドルフの方は大丈夫なのか？　国の仕事をしながら服の製作もしてくれてるんだろ？」

「私は少しずつ進んでいるからまだましです。問題は兄上の方です」

茶も菓子も手をつけず頭を抱えて悩んでいるドワルを見て不安そうにしている。

ああ、まさかここまで苦戦するとは思ってもみなかった。爺さんの牙ってどんだけ頑丈なんだよ
……

『リュウ大丈夫？』

ああ、俺の癒しがやって来た！

「おいでお嬢、そして俺を癒してくれ～」

『まったくもう、あの子も居るんだからね』

そう言った後一羽の鷲が俺の肩に止まった。

「なら二人で癒してくれ～」

思いっきり二人を抱き締める事で癒しを求める。

「ははは、リュウは本当にその二匹が好きですね」

乾いた感じで笑うな。

「はぁ、どの炎なら良いんだ……」

「ドワル、いい加減休め。こっちまで気が滅入る」

「すまん。だがこの問題が解決しないと先には進めんのは分かっているだろ」

「こうなりゃひたすら磨いて削るか？」

「その場合何年先になるか………」

本当に手詰まりって感じだな。

……にしても炎か、一つだけ大丈夫な気がする炎がある。

……一か八かでやってみるか。これ以上ドワルを疲弊させる訳にもいかない。

「ドワルとドルフ、一緒に外に行かないか」

「ん？　気分転換か？　なら一人で」

「俺の中で一つだけ上手くいくかもしれない炎を持った奴に会う」

「何だと!!　そんな相手がいるなら最初に紹介しろ!!」

「まだ未熟なんだよ。だからはっきり言って賭けだ、それでも良ければ付いて来てくれ」

俺は多分だが成功する気がする。

「その相手は誰だ」

「この子だよ」

ドワルの問いに俺の膝の上にいた鷲を抱えて教える。

「その鷲が？」

「そうだ。俺が工房に籠ってる時お嬢の組手の相手をしてる。これがどういう意味かわかるよな？」

「その鷲がフェンリルと同格の種族だと言うのですか!?」

ドルフが驚いた。ま、普通の反応だな。

「多分な。それなら爺さんの牙が少しは変形するかも。どうだドワル、少しは希望が出てきたんじゃないか？」

「……今までその事を言わなかった理由を教えろ」

「ただ単にこの子は俺の従魔じゃないってのと、フェンリルクラスの大物がいると聞いたらこの子の害になるかもしれなかったからだ。従魔になるかどうかはこの子自身に決めて欲しかったってのもある」

ちょっとは分かって欲しいが分かってくれただろうか？

するとため息を出しながらドワルは言った。

「分かったよ。従魔ではない野生の存在をむやみに使いたくなかったってことだな」

「リュウ殿は優しいのですね」

「分かってくれたならこの子に協力してもらう。良いか？」

俺は膝の上にいる鷲に聞くと「ピイ！」と鳴いた。

さて外に出て来たのは良いんだが……

「ギャラリーが多くね？」

そう、何か無駄に人が多いのだ。

「すまんすまん。これでも王族だから外に出るときはこうなるもんなんだよ」

「すみません、リュウ。こちらも出来るだけ静かにしたかったのですが……」

流石王族、護衛の数が半端ない。色んな騎士が一杯いるよ。しかも完全装備だし。

「リュウさん頑張って下さい！」

マークさんまでいる！　完全に見せ物扱いだな、こっちは神聖な儀式のつもりだってのに。

『何か気に入らない』

『俺もだリル。見せ物扱いは気に入らねぇ』

『なら日を改める？』

『いや、良い。さっさと終わらせよう』

俺は肩の上にいる鷲を抱き締める。

そのまま頭を撫でると嬉しそうに鳴く。

「良いか、これから行うのは俺とお前が家族になるための儀式だ。『名付け』とはそういうもんだ」

顔を合わせきちんと言う。

この子も真面目に話を聞いている。

「お前が俺の家族になってくれると俺は嬉しい。でもこれはお前が決めろ。自分の意思で」

この子は少し不思議そうに俺を見た。

そしてまた俺に甘える。

……問題なさそうだ。

「それじゃ今からお前の『名前』は炎鈴（カリン）だ」

その瞬間炎が俺とカリンを包んだ！

え、何これ。リルのときはこんな派手な事は起こらなかったんですけど！

『リュウ大丈夫!?』

「あれ、リル。どうやって来た？」

『無理やり突っ込んで来たわ。この炎の渦かなり大きくなってるわよ』

「リル……久し振りに凛々しい状態になったな」

『それよりあの子は』

「すぐそこ」

目の前で大きな卵のようになったカリンを指差す。

何か浮いてるし。

胎動しているように見えるそれは紅と金色が混じっているようにも見える。

「これは…生まれ変わるのか？」

『正確に言うと進化ね』

これが『進化』か。

魔獣には進化がある。普通の生物とは違い生きたまま進化するし、条件さえ揃えば一瞬で進化はすむ。

「……で何に進化すんの？」

『知らないわよ』

……完全にランダムかよ。

『本人が最も望む形と力の最善になるのが進化なのよ』

そうなのか。で？

「カリンはどうなんの？」

『進化を邪魔すると本人にどんな影響を与えるか分からない。そっとして進化が終るのを待つしかないわ』

……なにも出来ないのか。

ただ待つしか。

そのまま少し待つと卵が少しずつ割れてきた！

俺はつい手を広げて「カリンおいで!!」と叫んだ。

そして卵が完全に割れた時、中から女の子が出て来た！

「パパ!!」

え、パパ!?

多分カリンが俺に抱きつく。

紅い髪に少し金のメッシュが混じった髪、俺より少し低い身長でスタイルは女神のように均等で出るとこは出て、引っ込むとこは引っ込んでいる、すべての女性が羨む程だと思う。

その声は鈴のように耳に響く。

あと人間とは違い、紅い翼と紅い尾羽がある。

俺もつい抱き締めたがこれ本当にカリンか？

「パパ、ちょっと進化に時間かかったけど成功したよパパ!!」

あ、やっぱ俺の事なのね。

「あ、ああ。心配したぞカリン」

「ごめんなさい。パパと同じ形に成るのに時間使っちゃった」

成る程、それで時間が掛かったのか。

『全く、無理やりじゃないでしょうね』

「あ、お姉ちゃん。うん無理やりじゃないよ」

『なら良いわ』

リルがカリンの顔を舐める。

カリンも嫌がらず、むしろ喜んでそれを受け入れた。

「リュウ無事か!!」

「リュウ殿生きてたら返事を下さい！」

「リュウさーん！」

おっと、ドワル達の事忘れてた。

炎の渦もいつの間にか無くなってたし、それじゃご報告に行きますか。

「リル、カリン。行こうか」

『そうだね』

「うん！」

さてと、これからは三人で頑張りましょうか。

手を振りながら無事を伝える。

「おーい。上手くいったぞー」

「何が上手くいっただ！　一体何をしたらあんな危険な事が起こるんだ！」

「そうですよ！　リュウ殿が死んだら大騒ぎでしたよ！」

「リュウさんよくぞご無事で！」

おーい成功したんだから少しは褒めてくれよ。

「ところでリュウさん。その女性は？」

マークさんがカリンを見て聞いてきた。

「こいつはカリン、炎の提供者だ」

俺の左腕を抱き締めるカリンを紹介した。と言っても前から居るんだけどね。

「本当にその方があの鶩なのか？」

「そうだ。炎の渦のせいで見えなかっただろうが俺は目の前で見た」

「……なら納得するしかないか」

そうそう、納得しとけ。

これで剣の製作が進む可能性が出て来たんだから。

「それにしても美しい羽ですね」

マークさんが落ちてたカリンの羽を拾って呟いた。

本当に綺麗な羽と翼だよな。

深くて濃い、紅の翼。

きっとこの美しい翼はカリン以外誰も持っていないだろう。

「あ、当たり前ですよ……この羽が美しいのは……」

「どうしたドルフ。そんなに震えて？」

本当にどうした？　夏風邪か？

「リュウ殿はその方の種族を知らないのですか？」

ドルフが俺に聞いてきた、そういえば知らないな。

「カリン、お前の種族って何だ？」

「ん？　私は迦楼羅（ガルダ）天だよ。パパ」

ガルダって確か神鳥じゃなかったっけ？　確か神すら恐れた聖なる鷲で、蛇もしくは龍殺しの力ももつ民間信仰もある鷲、のはず。

「え、カリンってそんなとんでも種族の鷲だったの？」

「うん。とんでも種族は言い過ぎだと思うけど」

はぁ、お前がとんでもじゃないなら、どんな種族がとんでもになるんだろ。

「ドワル、カリンの炎なら爺さんの牙どうにかできんじゃね？」

しかしドワル及びその他はいまだに固まっている。

『むしろリュウの方があっさり受け入れすぎなのよ。私も初めて見たわよガルダなんて』

そうだよな、一生の内に会えるとは思えない存在だよな～。

『リルはカリンの炎で爺さんの牙を変化出来ると思うか？』

『どうかしら、ガルダとはいえ生まれて間もないから何とも言えないわ』

やっぱ年季の入ってる方が強いのは当然か。

「流石にこれ以上の炎を探すのは難しいぞ」

神鳥以上になるともう超高位のドラゴンか精霊しか思い付かない。

「それでもダメだった時は古龍にでも頼んでみるか？」

「むー、私ドラゴンより強いもん」

カリンが妙な対抗心を持ってるな。ドラゴンには会わないようにしないと。

「流石にこれで十分だろう。カリン殿の炎なら剣が出来る」

うんうん。ようやく復活したドワルもそう言ってるし、多分大丈夫だろう。

「ならさっそく工房に戻って剣の製作に戻ろう」

引き返す時、マークさんが小声で、

「リュウさんリュウさん。落ちてる羽は貰っても良いですか？」

「良いんじゃない？　自然と落ちた羽だし」

「ありがとうございます!!」

その後マークさんを含む多くのギャラリーはカリンの羽集めに全力を出した。

何でもカリンの羽でアクセサリーにして売ったり、対ドラゴン用の御守りとして持っておきたいとか。

とりあえずカリンの炎で剣の製作が本格的になりました。

あれから更に一ヶ月が過ぎた。

カリンの炎で爺さんの牙は意外な程に順調に進んだ。

何度も何度もドワルとドルフが打ち、少しずつ完成に近づいてきた。

ちなみにドルフの革鎧は先に完成した。

俺の体格に合ったかなり頑丈な服だ。

実際試験としてこの服を着た状態でリルと組手をしたが全く破けず、むしろリルの攻撃から身を守ってくれた程でリルの方が悔しがっていた。

勿論カリンの炎にも耐えられるように造られた。

一時間程炎の攻撃を受けたが燃える事はなかった。

ドルフは誇らしそうに『熱変動無効』の事を話した。

『熱変動無効』は熱による影響を無効化するのがこのスキルの一番の特徴と言える。つまり熱いと寒いが無くなる。

炎の一番の攻撃は『熱』によるダメージ、氷の一番の攻撃は『吸熱』、その二つを無効にする。

早い話炎と氷の攻撃は効かないということだ。

勿論氷による吸熱は効かなくても、氷柱による物理攻撃は効く。

完全とはいかないもの、かなりの防御力が上がるらしい。

ちなみにこのスキルはカリンの羽によって付与された。

これを聞いたカリンはかなり嬉しそうにしていた。

そしてついに短剣が完成する日が近づいていた。

「これで良し」

ドワルが鞘に短剣を仕舞った。

「これで完成か？」

「ああこれで完成だ！」

おお！　これが俺の短剣！　やっべめちゃくちゃテンション上がってきた！

「ただこの短剣変じゃね？」

「どこがだ？」

「刃が片方にしかない」

それだけじゃなく、刃の無い部分は反りがある。

「これは脇差という東の国の者に教えてもらった技術だ。切れ味重視でと頼まれたからな」

ほう、この方が切れ味が良いのか。

「さっそく試し切りするか？」

「ああ、試させてもらう」

これほど高ぶったのは久し振りだ。

さっそく試し切りさせてもらおう。

またギャラリーいっぱいの試験になった。

今回はただの試し切りなのでどっちかと言うと周りが巻き込まれないか、の方が不安だったりする。

「今回もまた随分と集まったな」

『危険なのに何で来るんだろう？』

「あんまり面白い事が少ないいんじゃない？　特に普通の市民の人達は」

それも有りそうだな。

前回はドワル達を護るために集まった兵士達が多かったが今回は完全に野次馬の方が多い。

きっと前回の名付けが面白おかしく伝わったのだろう。

「ま、今回はそれだけじゃなさそうだけど」

「どういう事？」

カリンが聞いてきたので軽く前回とは違う連中に目線を送った。

「あいつらはギルドの連中だ。多分俺を勧誘したいんだろ」

「勧誘？　仲間にしたいって事？」

「簡単に言うとそんなとこだな。大方俺達が狩って食った飯のおこぼれにあずかろうとしてんだろ」

カリンはよく分からないみたいなので俺なりのあいつらの思考を予測する。

俺達が狩って食った魔物は大抵はB級冒険者のパーティーでは命からがらの戦いになる。

しかし俺達はそれらを簡単に狩ってくる。しかも普段はそれらをそのまま放置している。その素材になる骨や皮を売って欲しい、と言う事だと俺なりに話す。

「お肉じゃないところが欲しいなんて変なの」

『まるで死肉を貪る獣ね』

リルが嫌そうな顔をした。

「仕方ねぇよ。人間は弱っちいんだよ」

それだけは言える。確かに人間は弱い、俺も弱いから武装を整えるためにこの国に来たんだから。

「そろそろ始めてくれ」

ドワルが俺達に言った。

「軽くで良いか？」

『どうせなら本気でやらない？　今のリュウの本気を試してみたい』

「私もパパの本気見たい！」

……全く、ギャラリーがいるからできれば本気は見せたくなかったが、リルとカリンに本気を見せろと言われたら本気を出すしかないか。

「ドワル！　もう少しギャラリーを遠ざけてくれ！　お嬢とカリンが本気出す！」

ドワルはゾッとしたのか直ぐに「全員退避!!」と本気で遠くに離れた。

ギャラリーが離れたのを確認して二人に言った。

「それじゃリル、カリン本気で遊ぼうか」

『よろしくお願いします、リュウ』

「わーい！　パパが本気で遊んでくれる!!」

リルは狼形態でありながら器用に礼をする。カリンは無邪気に魔力を上げる。

そして勝負はいきなり始まった。

リルは俺に噛み付くように牙を剝き出しにして大口を開けながら迫ってくる。

俺はスキル『魔力探知』『第六感』で大体の攻撃してくる位置を予測、更に普通に動けばついていく事すら不可能なので『身体能力強化』を並行して使用する。

これでリルとカリンを相手する最低限の準備は出来た。

噛み付こうとするリルの攻撃をバックステップでかわす。

そこにカリンの羽が襲う、二人同時に攻撃出来るとは思ってなかったな。

羽は手で捌くことで防いだがこれ本気でヤバイ。

一人ずつ相手した時よりかなりヤバイ。まさかいきなりこんな連係出来るとは本当に思ってなかった。

となると一度二人を離す必要があるな、二人同時に攻略とか今の俺には無理。

それじゃさっそく脇差の威力を試してみるか。

リルとカリンは脇差の威力を見たいからか、少し離れたところで警戒してる。

ならやってみるか、居合いと言われる剣を抜くと同時に攻撃する技を試してみよう。

鞘に入った状態で魔力を流す。爺さんの牙だった時からずっと使っているから加減は知り尽くしてる。

さて二人の間を通すように脇差を振り抜く！
…………あれ？　何も起こらない？
何でだ？　確かに上手くってうお!?
リルがいきなり襲ってきた！
しかし脇差でリルの爪を防ぐ事が出来た。
次はカリンの蹴りが連続で襲ってくる！
カリンの蹴りは鷲の爪での攻撃のせいかメッチャ痛い。
って鳩尾に入った！
「げほ！　がは!!」
服のおかげで穴は空かなかったが素だったら風穴空いてっぞ。
蹴り跳ばされたから少しっ!!
ここで来るかリルの踏みつけ！　回避できな!!
「グハ!!」
思いっきり踏まれた。
これじゃ負けだな。
「参った。俺の負けだ」
そう宣言すると脚を退かしてくれた。

「あーあ、まだ勝てないか」

『それよりあれ何よ！　あの斬撃は!?』

「斬撃？　ああ成功してたんだ」

「パパ、あれって本気で殺す気あった、無かった？」

「？　あるわけ無いだろ」

するとリルとカリンは思いっきりため息をついた。

え、何でそんな反応する？

『あれを見て』

あれ？　………ただの青空にしか見えねぇ。

『あの雲、形が変でしょ』

あ～あの雲ね。確かに変だが？

「あれね、パパがやったの」

は？　俺が雲を切ったとでも言うのか？　って二人の反応を見る限り本当みたいだな。

「……マジか」

『マジよ』

「マジだよ。おかげで全力出さないといけなかったもん」

あ～それで容赦無しの猛攻だったのですか。

「でもリュウも強くなったじゃない」

　って何で人の姿になる!?

「いい加減隠さなくても良いでしょ。あのドワーフ達は信用できる」

　ははは、フェンリルのお嬢様から信用を得ましたか。

「リルが良いなら構わない」

　その後俺は情けなく二人に肩を貸して貰いながら戻った。

「お前ら、この国を壊す気か!!」

　終わった後ドワルに怒られた。

　そりゃ国の上で暴れたが許可あっての試験だろ。

「良いじゃんおかげで性能はどんなもんか分かった訳だし」

「それでも程度と言うもんがあるだろうが!!」

　ま、国のトップは国と国民の安全第一なのは当たり前だけどさ。

「それでリュウ殿は今後はどうするのですか?」

　ドルフが何か不安そうに聞いてきた。

「どうすると言われても……まぁ当ての無い旅でもするかな?」

　この国に来たのは武具を揃えるためだったたし、次の予定は何も無い。

「ならこの国でもう少し滞在するのも」

「ドルフ、止めろ。リュウが決める事だ」

何か知らんがドワルが止めてくれた。

寂しいのかねドルフは？　別に今生の別れって訳じゃないのに大袈裟な。

「とりあえず二、三日は滞在してから一度家に帰るわ。その後また旅にでも行くとするか」

今パッと思い付く予定はそんなとこだな。

「わかりました」

何だか残念そうな顔すんなよドルフ。

「ところでその脇差の名はどうする」

「え、名前付いてないの？」

「リュウが決めると思って付けてない」

それじゃあ俺が付けるけどなんて付けよう？　いきなりだから簡単なのしか思い付かんぞ。

「それじゃ狼(ロウ)で」

「…………また安易な」

不満なら最初っから自分で名付けとけやドワル。

俺が脇差、ロウに名前を付けた事でロウの刀身の色が変わる。

ただの鋼色から黒い刀に変化した。

新月の様な真っ暗な黒、しかしその黒は恐怖を覚えさせるような黒ではなく、優しく眠りに導くような黒だ。

「おいドワル！　なんか色が変わっちまったんだけど！」

「気にするな。武器への名付けは魔物への名付けとは違って大した事ではない。ただ使用者に合わせて色が変わる程度だ」

本当に大した事じゃないんだよな。

なんか大量に魔力をロウに食われた気がするが……うん、黙っとこ。

そして三日後の朝。

俺達は一度大森林に帰る事になった。

服と牙を加工した事を報告してからまた旅に行くつもりだ。

そして今見送りにドワルにドルフ、マークさん達がいた。

「皆さんお世話になりました。ロウと服は大切に使わせてもらいます」

「おう。何時でも整備に来いよ。どうせリュウの事だ、無茶な使い方するに決まってる」

「革鎧もですよ。きちんと持ってきて下さいね」

はいはい、持ってくるよ。

「リュウさん色々ありがとうございました」

「何かしましたっけ？」

「色々私に卸してくれたじゃないですか！」

あ、その事か。

確かに色々卸したな、おかげで大分稼いだらしい。

「それじゃまたその内お会いしましょう！」

こうして俺はフォールクラウンを離れた。


カード情報が更新されました。

『短剣使い』『魔力探知』『念話』が追加されました。

『威圧』が『覇気』に進化しました。

カリン（ガルダ）が魂の契約により従魔化に成功しました。

よって現在のカード情報は
名前　リュウ
職業　調教師
性別　男
年齢　17
スキル　『調教師』『短剣使い』『身体能力強化』『五感強化』『第六感』『魔力探知』『念話』『自

己再生』『覇気』『毒無効』『麻痺無効』『精神攻撃耐性』
魔術　火、水、風魔術　魔力放出
従魔　リル（フェンリル）　カリン（ガルダ）

閑話　勇者、フォールクラウンにて

先月あたりにフォールクラウンでとてつもない武器が造られたらしい。

報告によればこの大陸の空を切ったとか。

冗談のような報告だが実際に雨雲を切った事で雨が止んだ……と言うか雨雲が吹き飛んだのを見た人が大勢いたので認めざるをえない。

今回の大騒ぎで私の国はこの武器を購入することに決定した。

私がより強力な魔物を退治するため、いずれは魔王を滅ぼすための先行投資としての購入だと国は言っていた。

確かにありがたい話だが、それならもう少し市民の生活にもお金を使って欲しいと考える私は甘いのだろうか？

いやきっとそんな事は無い。

どんな国だって民がいなければ成立しない。

これは事実だ、間違い無い。

「ティア、また考え事？」

タイガが私の隣まで馬を進めて聞いてきた。

「……私ばっかり優遇されてるみたいで落ち着かないの」

「その事か。ティアは勇者として一番危険な所で戦ってる、その分多少良い武器を買って貰っても文句を言う人は少ないと思う。僕だって精霊の樹木を使った杖を買って貰ったしね」

「でも本当に皆は豊かに暮らしてるの？　安心して暮らしてるの？」

「ティアは心配性だね。大丈夫、皆安心して暮らしてる」

タイガは私を安心させるように言う。

やっぱり私はメンタルが弱いと思う。

すぐ不安になり、気弱になる。

そしていつも助けてくれるのはタイガだ。

素直に嬉しい。

でも私が一番落ち着く相手は、と聞かれるとリュウと答えてしまう。

何故だろう？　いつも近くで守ってくれるタイガよりリュウを選んでしまうのは。

「ティア。もう着くよ」

タイガに言われて顔を上げたとき、フォールクラウンの門が遠くに見えた。

フォールクラウンに到着後直ぐにドワル王に会うことになった。

一応国家間での話し合いになるので今回は滅多に着ない儀式用の鎧を着て謁見する。

噂ではドワル王はとても厳格な方で会うことが出来ても気に入られなければ二度と会えない、とまで言われる。

そんな王様相手に商談とは私の国も馬鹿なのではないかと疑ってしまう。

「勇者様とそのお仲間様、ドワル王様がお待ちです」

「皆行こうか」

王様が時間を作ってくれたのだ、無駄にはできない。

皆で謁見の間の扉まで来ると緊張した表情になった。

ここに居るのはほとんどが前線で剣を振るう者ばかり、失礼が無いように気を付けなければならない。

そして扉が開いた。

私達は王様を守護する兵士の人達を横目で見ると皆上等な鎧ばかりだった。

流石鍛冶師の国だ。

私達の国の鎧よりずっと良い物を身に着けている。

私達は玉座の前で跪き、そのままじっと待つ。

しばらくして近くから足音が聞こえた。

「面を上げよ」

声の指示のままに顔を上げた。

そこにはドワル王と弟のドルフ次期国王だった。

「我が造った剣を欲していると聞いた。どの剣を所望している」

ドワル王は厳かに聞いた。

「ドワル王様、我々は」

「我は勇者に聞いている」

パーティーの騎士団長が答えようとして止められた。

私を指名してきたので私が答えるしかない。

「先日、空を切ったと言われる剣を所望しています」

「ほう、あの剣か。何故あの剣を所望している。今の勇者の剣も中々の業物だと聞いている」

「確かに、しかし常に状況は動くもの。より良い武装で挑めば更に戦死する者は減り、世界の平和に繋がるでしょう」

ドワル王は何か考えるような素振りで私を見た。

「では一つ、いや二つ条件を出す。この条件を満たす事が出来たら造ってやろう」

「造る？　売ってはくれないのですか」

「売ってやらん。しかし素材さえ手に入れれば同じ物を造ってやろう」

つまり自分達で素材を用意しろ、って事ね。

「その素材とは？」

「何、勇者から見れば大した事は無い。フェンリルの牙とガルダの炎を用意すれば出来る」

「なっ!!」

フェンリルとガルダなんてどうやって倒せって言うの!?

ただでさえ伝説上の魔獣を二匹、見付けるだけでも大変だと言うのに!?

「ドワル王、それは勇者一人でという事ですか！」

「タイガ！」

「貴方失礼ですよ。今は兄上と勇者が話しているのです」

「まぁ待てドルフ。この者の質問は勇者にとっても大切な質問、目を瞑ってやれ。そして質問の答えだが無論パーティーで向かって良い。だが忠告として精鋭のみ連れて行った方が良いぞ、ただの兵など肉壁にもならない。それとガルダは炎さえ手に入れれば構わない、無理に倒さなくても良い」

つまり倒すのはフェンリルだけね。でも居場所は？　それすら私達は知らない。

「その二匹の棲息地は分かりますか？」

「残念ながら」

「……………そうですか」

「もう良いかな？」

「はい、お時間を作っていただきありがとうございました」

そして私達はドワル王に無理難題を押し付けられた。

「いくら何でも無茶苦茶な要求だ!!」

私達は部屋に戻った後タイガが思いっきり不満を垂れ流していた。

そりゃ余りにも無茶な要求なのは私も分かる、でも。

「なら造ってもらわなければ良いだけでしょ」

「それじゃこの国に来た意味が……」

「人の命には替えられないよ」

もしフェンリルと戦う事になったら精鋭のメンバーでも必ず死者が出る。

国のためなら多少は分かるが私のためなら特にいらない。

「ならこの国で何か買おう。ただ過ごすのも勿体無いし」

「分かった、付き合うよ」

こうして私達は町に繰り出した。

「しっかしティアの嬢ちゃんもこういうのを楽しむ様になったか」

「失礼でしょグラン。ティアちゃんは女の子なんだから当たり前でしょ」

「だが小さい時から見てたもんだからやっぱりこう、成長したんだなぁと思ってな。マリアだって姉みたいなものだろうが」

「そうだけど……」

結論から言うとパーティーメンバーが全員付いて来た。

まず『勇者』の私に『賢者』のタイガ、『騎士』団長のグラン、最後に『僧侶』のマリアさんが私達のメインパーティーになる。

グランとマリアさんは私とタイガの師匠でもある。

グランからは剣術と敵を見る際の注意などを教わった。

マリアさんは教会のシスターで主に魔法と古い魔導書の読み方を教えてくれた。

それに二人はおじさんとお姉さんの様に優しく接してくれたので家族のような関係だと、私は感じている。

今は町の様子を見ながらウィンドウショッピングをしていた。

町は活気が溢れ、至る所から良い声が聞こえた。

「ティアちゃん。何か買いたい物とか無いの？」

「う～ん、色々あって悩みますね」

「ティアちゃんは若いしお金もあるのだからちょっとぐらい奮発したら？」

「そんな事言われても流行りとかは分かりませんし……」

「そこまで流行りに気を付けなくても良いのよ。自分がいいなって思ったのを買えば良いのだから」

マリアさんはシスターだけどそんなに信仰深くない。

だから他のシスターさんに聞かれると怒られるような事も普通に言う。

「なぁマリア。こんなアクセサリーより武器を見てきていいか？　さっき良い武器があったんだよ」

「ちょっと男は黙って女の子の買い物に付き合いなさいよ」

「なら俺達の買い物にも付き合って貰うぞ」

「私達の買い物が終わってからね」

「おいタイガ、お前も強く言ってくれ！　マリアはお前とティアには甘いからよ」

「僕はあまりここの武器は合いませんね。僕魔術師なので杖の類いは無さそうです」

「おいせめて俺のフォローぐらいはしてくれよ！」

そんな会話で盛り上がる私達勇者パーティーだった。

夕食、私達パーティーはギルドで食事をしていた。

ギルドは様々な形で利用できるので私達はとても助かっている。

ただ今回は食事だけではなく、情報収集のためにもギルドに来ていた。

勿論内容はフェンリルとガルダの情報だ。

しかし何故かこの話題を出すと皆渋った顔をしてはぐらかす。

「どうなってんだ？　フェンリルとガルダの情報を聞くたびに皆こそこそと逃げやがる」

「この国はフェンリルとガルダとの間に何かあったと見るのが妥当じゃない」

「でもどちらも伝説の魔物です。そんな一度に来ますかね？」

「それに何かあったのにこの国が特に何事もなく暮らしてるのも変よ。普通なら各国に応援を要請する事態だわ」

と、色々と話しているがどれも違う気がする。

「そんなにフェンリル様とガルダ様の話を聞きたいのですか？」

不意に後ろから声を掛けられた。

「貴方は？」

「私は情報屋です。勇者様、何故そんなにもフェンリル様とガルダ様の情報を欲しているのですか？」

名を名乗らないその人は情報屋だった。

「ドワル王に無理難題を出されたのよ、武器が欲しければフェンリルの牙とガルダの炎を持ってこいと」

「なるほど、ちなみにそのフェンリル様とガルダ様はどうするおつもりで？」

「殺さなければ手に入らないでしょ」

その瞬間周りがざわざわと騒ぎ出した。

一体何？　当たり前の事でしょ。

しかもここはギルド、冒険者達のたまり場なのに。

「勇者様。そ、それだけはやめておけ」

「そうだ。悪い事は言わねえからやめろ」

「……最低でもこの国の近くでは絶対に喧嘩は売るなよ。そして勝手に死ね」

様々な言葉が私達に掛けられた。

そして最後に情報屋が言った。

「貴女方がその気でいる限り誰も言わないでしょう。フェンリル様とガルダ様の事を」

つまり皆見た事があるの？　フェンリルとガルダを？

「おい情報屋。金はやる話せ」

グランが金貨の入った袋を出しながら言った。

それを見た情報屋はため息を出しながら近くに座る。

「お代はいただきません。その代わりあやふやにこの状況についてお話ししましょう」

そして情報屋はまるでお伽噺のような話をした。

フェンリルとガルダを連れた男がこの鉱山の魔物を狩り、この国を豊かにしたと。

「つまり彼はこの国の英雄なんです。しかも彼自身は目立ちたくないと言ったためドワル王は皆に彼の話をしないように御触れを出したのです」

「それが何故こんな恐れた空気を出してる？　話したら殺すとでも書いてたか？」

「それは勇者様がフェンリル様とガルダ様を殺すと言ったからです。実は例の武器の試し切りで彼とフェンリル様達が模擬試合をしたのですが、その際少しフェンリル様達が力加減を間違えたらこの国が滅ぶのではないかと思った程でして。もし殺そうとしたら国が滅ぶと皆思ったからでしょう」

なるほど、それだけ恐ろしい強さを持っているって事ね。

「なら余計に殺しておかないと」

「…………え？」

「それだけ恐ろしい魔物は放って置けないわ。殺さないと」

「ティア？」

情報屋とタイガは何故不思議そうに私を見るの？　私の使命は魔物やドラゴン、悪魔を滅ぼす事。何も間違ってない。

そうしなければ人類は平和に生きていけない。

「情報屋さん、ありがとう。おかげで恐ろしい魔物を滅ぼす覚悟が出来たわ」

「ま、待って下さい！　何も、何もしなければフェンリル様もガルダ様も襲って来ることは無いのですよ!!」

「まさか、それは向こうの気紛れ。いつ魔王と共に滅ぼしに来るかわからない相手を生かしておけと？　タイガ、グラン、マリアさん。至急フェンリルを滅ぼす準備をしましょう。いつか戦う相手です、準備をしながら棲息地を探しましょう」

「嬢ちゃん？」

「ティアちゃん？」

「……………ティア」

恐ろしい魔物は私が滅ぼし尽くします。

リユウ、それが終わったら絶対見付けるからね。

三章　龍皇国　三つ首の邪龍

また三日かけて戻って来ました大森林!!

いやぁじめっとしてんなこの森。

もうすぐ秋になるのにこの森はまだ暑いなぁ。

「パパのお家はもうすぐなの?」

「う〜ん、お家と言うか家族かな?　獲物を求めてあっちこっち移動してるから何処かに留まってる事は少ないな」

カリンは「へ〜」と、わくわくした感じがする。

「家族、家族」

何故かリルまでご機嫌になった。

家族って言われたのが嬉しかったのかな?

「リル、皆の居場所は分かるか?」

「匂いを追ってるから大丈夫だけど何か別な匂いがするんだよね……」

「別な匂い？　獲物とかじゃなくてか？」

「違うね。生きてるから獲物では無いね」

てことは客か？　でも客と言っても全く想像がつかないけど。

「ま、喧嘩や殺し合いじゃなければ良いや」

俺の中では無駄な戦いさえ無ければ良いってもんだ。

「……蛇の匂いがする」

カリンが言った。

つまり客は蛇型の魔物か？

「カリン、襲っちゃダメだよ」

「はーい」

返事は良いがちゃんと我慢出来るんだろうな？

とりあえずは群れに戻れば分かるか。

そう思っていたが……

「リルよ、あんな山無かったよな？」

そうリルが匂いを追っていると群れがあると思われる方向に小さな山があるが、あんな山修行中に見た事が無い。

しかも生物の気配がするし。

「……もしかしたらあれがお客さんかも」

「あれってあの山の事か？」

「うん。『大地杖竜（ミドガルムズオルム）』の大叔父様。お祖父様の義兄弟の一人で蛇型のドラゴンだって聞いた事がある」

あの山がドラゴンで爺さんの義兄弟？

流石伝説の魔獣、兄弟のスケールもサイズもデカい。

「パパ、あれちょっと恐い」

カリンが俺の背中にくっついて怯える。

珍しいな、カリンが蛇相手に臆するなんて。

「カリン、大叔父様はおおらかな方だと聞いてるからきっと大丈夫よ」

俺がカリンを撫でて落ち着かせているとリルがミドガルムズオルムについて話してくれた。

「だってよ。怒らせなければ何もしないって」

「うん。分かった、喧嘩売らない」

喧嘩売る気あったんかい！　よくあんな山みたいにデカイ相手に喧嘩売ろうと思ったな!?

「とりあえずさっさと群れに合流しようか」

二人も同意したのでさっさと帰る事にした。

「ただいまー」

久し振りの帰宅、いつもと違うのはあの山と皆の表情だった。

『リュウ、リルおかえりなさい。その子は？』

「こいつはカリン、種族はガルダで俺の従魔です」

『は、初めましてカリンです……』

カリンは鷲の姿に為って俺の腕の中にいた。

どうもカリンは自分より強い相手にはいつもの天真爛漫さが緊張で出てこなくなる様子、別に嫌になるようなものじゃないんだがな。

『初めまして、リルの母です。リルとは仲良くしてくれてるかしら？』

『お姉……じゃ、なくてリルさんにはいつも優しくして貰ってます』

『そう、これからもリルと仲良くしてね』

『は、はい！』

とりあえず奥さんとは仲良く出来そうだ。

「それで奥さん。あの山みたいにデカイあれは？」

『あの方はミドガルムズオルム様、お父様のご兄弟なの。ただ今回は少し訳有りのようで……』

やっぱり何か問題があったのか。

「で、内容は？」

『それは今お父様が聞いてるわ。あまり良くない内容の様子だけど』

一体どんな内容なんだかな。

群れ中が不安な気配で充満してるぞ。

『おおリュウ。帰っておったか』

「ただいま爺さん。何か問題が起こったみたいだな」

『うむ。大変厄介な奴が起きかけておるそうじゃ』

厄介な奴？　爺さんが厄介って言うぐらいの化物がいるのか……

「そいつの種族は？」

『奴は『魔賢邪龍（アジ・ダハーカ）』三つの頭に白亜の巨体、更に古今東西あらゆる魔術を使用するとてつもなく厄介な奴じゃ』

……………うっわー。

伝説が厄介って呼ばれる奴も伝説かよ。

アジ・ダハーカ、邪龍の中でも特に厄介と呼ばれる邪龍。

大昔どっかの英雄だか勇者だかが退治しようとした時、ダハーカを傷付ければその血肉が眷族を生み出すわ、魔術で広範囲攻撃はするわで、仕方無く封印と言う形でしか退治出来なかった本物の化物。

あえて言うなら爺さんは牙と爪に特化した存在なら、ダハーカは魔術特化のチートスキル持ちだと言える。

特に何だよ傷付ければ傷付けた分だけ敵が増えるとか、そりゃ封印するしかないな。

「で、その化物はどっから来るんだ？」

『龍皇国の近くにある封印の洞窟に居るらしいが、どうも戦力を少しでも多く集めたいらしくてのう』

「てか魔物とドラゴンって仲が悪いって聞いてるが共闘出来んの？」

『ん？　そりゃ一体何の事じゃ？　特別仲が悪い事は無いぞ？』

え、マジで？

人間側（こっち）じゃ普通に言われてるんだけど。

「ならいいや、それで戦力はあとどのぐらい欲しいんだ？」

『相手が相手じゃからのできるだけ多くと言うだけで決まった数は無いぞ』

これじゃまるで戦争じゃねぇか。

「……なら大雑把でも作戦は？」

『そこは龍皇に聞くしかないのぉ』

むー本当に戦力を集めに来ただけか。

『珍しいねぇ。フェンリルが人間と話してるなんてぇ』

ふと上から声がした。

上を向くとドデカイドラゴンの頭があった。

『君は何者かなぁ?』

随分とのんびりしたドラゴンだな。

こいつがミドガルムズオルム、爺さんの義兄弟。

ミドガルムズオルムの目玉が俺を捉える。

「初めまして、俺はリュウ。爺さんの……弟子ってとこだ」

『弟子ぃ? そうなのフェンリルゥ』

『弟子と言うか孫娘の婿じゃ』

『へ～ぇ、あの子のお婿さんかぁ。よくあいつが許したねぇ』

『あいつは許しとらん。儂が認めたから良いんじゃ』

『ふ～ん、フェンリルが良いなら良いけどぉ、その子も戦力の一つとしてぇ連れて行って良いのかなぁ?』

え! 俺も行くの!? 帰って来たばっかりですけど!!

『うむ。どうせ人間は必要になるしの』

『それじゃぁ明日また迎えに来るねぇ。バイバイフェンリルゥ』

『明日は頼むぞ、ミドガルムズオルム』

そしてミドガルムズオルムは蜷局(とぐろ)を巻いていた身体をゆっくりと動かしながら去って行った。

と言っても尻尾の先が見えなくなるまで大分時間を使っていたが……

「……俺も行かなきゃダメ？　何で人間が必要なんだよ、絶対足引っ張るぞ」

『アジ・ダハーカは昔から人間の強者を求めておる。邪龍としての矜持だとか何だか知らんが奴は人間に討たれる事を望んでおる』

「何だよそれ、人間に拘る必要なんてないだろ」

『それはアジ・ダハーカにしか分からん。どちらにせよあれは本当に厄介なんじゃ。戦力は多いに越した事はない』

はいはいわかりましたよ。付いていきますよ、コンチキショウ。

「それで俺と爺さんの他には誰が行くんだ？」

『若い衆と雌を除いた雄だけで行く』

となるとざっと十匹前後ってとこか。

「本気でヤバいだろこれ。龍皇国はどのぐらいの戦力が集まってるんだ？」

『さあのう。ほとんどは『龍亜人（ドラコ・ニュート）』だとミドガルムズオルムは言っておったがの』

へー、龍皇国は純血のドラゴンばっかりだと思ってた。

人間の形をした連中も居るんだ。

『と言ってもただの人間よりは強い』

あっそ、どうせ俺はただの人間ですよ。

『とにかく明日には発つ。準備は入念に頼むぞ』

「分かった。死なないように頑張るさ」

『それで良い』

全く、俺の周りはイベントが欠かさないなコンチキショウ!!

こうしてアジ・ダハーカと戦争しに行くような事になった訳だが本当に厄介な事になったもんだ。

そしてその日の夜。

「リュウ、今回は私もお留守番だって……」

「仕方無いって。女の子を護ってなんぼの男の子ってな」

「でも相手が相手だし……」

「あーもう！　心配すんな！　いざとなったら思いっきり逃げてやるよ！　だから待ってろ!!」

リルが不安で俺から離れなくなった。

これじゃ下手したら付いてくる可能性がある。

それだけは回避しないと。

リルはそれでも離れずずっと俺にくっついて怯えている。

『私は行かなくて良いの？』

「カリンもダメ。生まれて間もないお前が行っても勝てない」

『でも私の炎はドラゴンにダメージを与えやすいよ？』

「それでもダメ。今回の敵は傷付ければ傷付けた分だけ敵が増えるみたいだから、あんまり大技決めると逆に敵が増えて大変なんだよ」

カリンも俺の肩に止まって離れない。

どうしたもんかな？　今回は本当に危険過ぎる。

だから誰かを護る余裕なんて何処にも無いし、それにこの子達は俺の事を好きすぎる。

もし俺の身を案じて二人が傷付くのはもっと嫌だ。

それに二人は雌、そのうち子孫を残す事が出来る存在を戦場に出したくない。

だから色々言い訳を言ってここに残そうとしているが聞いてくれない。

『リル、そしてカリン殿。リュウをあまり困らすな』

何故か親父さんがそこにいた。

戦闘以外で『魔力探知』は使ってないからいい加減普段から使ってた方が良いかも。

「お父様、しかし」

『しかしも何もない。その男は弱いなりにお前達を護ろうとしているのだ、それに気付かぬ程お前達は愚かなのか？』

リルとカリンは黙ってしまった。

きっと分かっていても止めたかったのだろう。

『ならお前達に仕事をやろう。お前達はこの群れを護れ。その男と我々は必ず帰る。それだけだ』

親父さん……

「…………分かった」

『……私も……分かりました』

『なら良い』

親父さんはそのまま奥さんの所に戻ろうとする。

「親父さん」

その前に声を掛けた。

『何だ』

足を止めたが振り返らない、でも俺は気にせず言った。

「ありがとな」

『ふん。私は娘を戦場に行かせたくないだけだ。貴様に礼を言われる筋合いは無い』

それだけ言うと奥さんの方に向かって行った。

妻子持ちは強そうだな。

となると、やっぱり問題は俺か～。

伝説ばっかりいるような戦場に向かわないといけないいんだからな～。

「リュウ、もう寝るの？」

「ん？　まぁそうだな。明日は早くに龍皇国に行くらしいし」

「……そう」

……いやどしたのリルさん？　じっと俺の顔を見て。

「パパ、今日は一緒に寝ても良い？」

カリンまで人の姿に戻ってどうした。

「まぁ良いよ。一緒に寝るぐらい」

すると二人はちょっと顔を赤くしてくっついた。

どうした？　いつも一緒に寝てるのに？

リルとカリンは何かよそよそしいと言うか、何と言うか？

するとリルとカリンは何か覚悟を決めた様な表情で言った。

「「私達に赤ちゃんをください!!」」

……………………は？

ちょっと待て、突然過ぎやしないか？

いや二人が俺の事をそう言う意味で好きなのは知ってる。

俺もそこまで鈍感じゃない。

でも何でこのタイミングなんだ!?

「ダメ……なの？」

「パパ……」

「あ、いやごめん。ちょっと混乱してた。俺自身は嫌じゃない。それにお前ら美人だし、性格も良

いし、俺達の相性も何となく良い気がするし、でも出来るのか？　子供？」

やっべ、まだ混乱してる。

何でそこで子供が出来るかを聞く!?

「「出来る!!」」

あ、出来んだ。

じゃなくて!!

そりゃこんな美人さん達とエロい事出来んのは願ったり叶ったりだけどこんな軽い感じでヤって良いの!?

「リュウ…しよ？」

「パパ…お願い……」

「ああもう！　分かった、分かりましたよ!!　俺も覚悟決めさせてもらいますよ!!　ただしお前らは絶対浮気とかするなよ！　俺は独占欲は強い方です!!」

「「よろしくお願いします!!」」


……………………何でこうなった？

一夜明けて出発日。

とりあえず湖で身体を洗っている俺達。

昨夜はどうもリル達も変なテンションになってたらしい。

伝説様との戦いで死ぬんじゃないか、二度と帰って来ないかも、と色々考えた末の行動だったとか。

まぁ俺も途中から自分からヤってたし俺にも責任はあると思うからな。

そして現在リルとカリンは顔を真っ赤にしてた。

「さてと、そっちの気もすんだか？」

「う～」

「む～」

恨みがましそうだが誘ったのはそっちだからな。

「それじゃ俺は時間だからそろそろ行くぞ」

爺さんの言ってたミドガルムズオルムが来る時間が迫っていた。

「リュウ」

「パパ」

「ん？」

「「いってらっしゃい」」

「いってきます」

何か良いな、こういうの。

どこか安心出来ると言うか、帰る場所があると言うか。

とにかく心地良い。

革鎧を着て脇差を腰に差し、少し歩くと爺さんがいた。

『随分とお楽しみだったようじゃの』

「怒ってねぇの？」

『そんなもんお主と孫娘が共に旅に出た時から覚悟しておったわ』

そうだったんだ。

ならきちんと言っておかないと。

「責任は持つ。寿命以外では絶対に死なねぇ。あいつらは絶対に幸せにする」

『気負い過ぎじゃ、それでは長く持たんぞ』

「大丈夫だ。これが終わったらのんびりするさ」

この戦いが終わったらしばらくぐーたらしてたい。

『なら良い。ほれ来たわい』

木がメキメキとへし折れる音が聞こえる。

てか『魔力探知』に反応があったので知ってた。

「いちいち迎えに来なくても良い気がするんだが？」

『しょうがないのじゃ、龍皇国はドラゴンと共にしか入れん。故にミドガルムズオルムが迎えに来なくてはいけなくてのぉ』

そりゃ面倒な事で、しかしそれが国の警備方法なら仕方ないか。

『みんなぁ～。迎えに来たよぉ』

また上から声を掛けてきたのはミドガルムズオルム、こいつの話し方だと気が抜けるんだよなぁ。

『ほう、今日は遅れなかったか』

『流石にぃ事が事だしねぇ、遅れるとぉ龍皇にぃ怒られるからねぇ』

『では行くか。リュウよ、お主もミドガルムズオルムの背に乗れ。こやつが送ってくれる』

背に乗って良いんだ、なら遠慮なく乗るか。

ミドガルムズオルムの背に乗ったがかなりだだっ広いので生物の背に乗っている感じがしない。

少しすると次々と群れの雄達がミドガルムズオルムの背に乗る。

『全員乗ったな。ではミドガルムズオルムよ、頼むぞ』

『それじゃぁ出発ぅ』

動くと意外と速かったミドガルムズオルムは龍皇国に向かって動いた。

しばらくミドガルムズオルムの背に乗っているとでっかい城と城門が見えてきた。

「あれか？　人間の城より立派な城が見えるが」

『あれじゃよ。あの城とその城下町一帯が龍皇の縄張り(テリトリー)じゃ』

縄張り広過ぎ！

どんだけ広いんだよ龍皇の縄張り。

しかもこれ人間の大国より良い城と町に見えるがこれってどういうわけ？

文化も平民の暮らしも人間より大分良いんじゃね？

『でもぉ、龍皇国はぁ色々制約もあってぇ僕は苦手かなぁ』

あれ、ミドガルムズオルムから不満が。

「ん？　制約？」

『そぉ。この国に居る間はぁ人化の術でぇ、小さくなんないとぉいけないんだよねぇ』

「へ～、それって何のためだ？」

『ドラコ・ニュートへの配慮だってぇ。それにぃ城とかぁ家とかぁ造る時はぁ人間ベースの方が造り易いんだってぇ』

なるほど、つまりあの城や家は全部人間サイズで造られてると。

『儂ら魔物も同じく人間の姿に化けんといかん。だからこの者達は人化出来る者達でもある』

あ、何かちょっと興味出てきた。

爺さんや親父さんがどんな姿に化けるのか楽しみになってきた。

『もうすぐ着くよぉ』

おっと、もうすぐか。

龍皇国どんな国か楽しみだなー。

リルとカリンにお土産も買っていきたいし、何が喜ぶかなー。

やっぱ飯か？　いやでも形の残る物の方がやっぱり良いよな。

『みんな降りてー。僕も人化しなきゃいけないからぁ』

あ、そっか。

ミドガルムズオルムも人化しないといけないんだったな、なら降りないと。

全員が降りた時にはフェンリルのメンバーはすでに人化していた。

ほうほう、こいつらが人化するとこんな感じになるんだな。

人間と言うよりリルみたいな獣人のような姿の方が多い。

正直男に獣耳にはどうかな～なんて考えていたが、意外と違和感がない。

ただ爺さんと親父さんは、耳も尻尾も完全に隠していた。

爺さんの人間の姿はかっこいいと言うよりは渋いの方が合ってる感じがする。

確かに手や顔に皺はあるが好々爺の面影と長い時間を生きてきたオーラのようなものがにじみ出てきているように感じた。

親父さんは意外と若く、まさに今が全盛期です。みたいな感じがする。

体全体を見て無駄な筋肉はなく、かなりエネルギーに満ち溢れている。

「どうした。そんなにじろじろと儂等を見て？」

「いや、爺さん達が人化するとそんな姿になるんだと思って」

「どうじゃ、人間の目から見て」

「爺さんは渋くてかっこいいし、親父さんは男の理想の体型をしたかっこいい大人って感じがする」

「だそうだ、義息子よ」

「ふん」

しかし親父さんは俺にあまりかまってこない。

普段ならここで突っかかってきてもおかしくないのに今もまだ無視だ。

やっぱ昨日のが原因だよな～、朝も気付いて殺しに来てもしょうがないと思ってたぐらいなのに全く突っかかってこない。

「お待たせ～、もう良いよぉ」

どうもミドガルムズオルムも人化が終わったらしいってデカ!!

体長二メートルぐらいあるんじゃないか!?

あとはまぁ、デカい割におとなしそうな顔だな。

「それじゃぁ城門まで行こうかぁ」

……相変わらずその話し方は変わんないんだな、今更な気もするけど。

そして俺達はミドガルムズオルムを先頭に城門へ行く。

するとそこに人間みたいなのが鎧を着て番をしていた。

人間みたいと言った理由は彼らの内側にある魔力量が人間よりはるかに多いからだ。

たぶんこいつ等が、ドラコ・ニュート。

「ミドガルムズオルム様おかえりなさいませ。その方々が今回の援軍でございますか」

「そうだよぉ。僕の義兄弟でぇフェンリルの群れの子達だよぉ」

「なんと！　あの伝説の魔獣殿でありますか。これは心強い援軍ですな」

「今回はぁ事が事だからねぇ。無理言ってぇお願いしてきたんだよぉ」

「は！　ご苦労様です!!　ところでその人間は？」

ん？　俺？

「この子はぁフェンリルの弟子でぇ、お孫さんのお婿さんだってぇ」

「フェンリル殿の弟子ですか。おい人間、貴様本当に強いのか？　半端な強さならむしろ邪魔なのだが」

おっと、いきなり辛辣なお言葉をいただきました。

全く人を見た目で決めると痛い目に遭うぞ。

「貴様、私の娘の婿に何か問題でも？」

意外な人が怒った。

親父さんだった。

何で親父さんが俺への罵倒で怒るんだ？　よくわかんない。

「いえ、問題とは戦力になるかどうかの問題でして」

「つまり私の娘婿が弱いと」

「いえ、その……」

「親父さんそこまでにしてもらえますか」

このままじゃ親父さんがどうにかしちまうし、それよりこれは俺の問題だ。

「そこの門番。直ぐに来れる一番強い奴を呼んでこい。そいつに勝ったらこの国に入れさせてもらうぞ」

俺からの条件、これは魔物の生態で当たり前の内容だった。

魔物はハッキリ言って脳筋だ。

勝った者、強い者が正義。

武力と生き抜く力がある存在こそが勝者。

「どうする？　雑魚な人間がドラコ・ニュート等に喧嘩売ったんだ。買わなきゃお前らは俺より雑魚って言いふらしてやる」

「貴様!!」

怒った怒った。

だがな俺もちょっとは怒ってるんだぞ。

「少し待ってろ!!　今隊長を呼んで来る!!」

「小僧、良いのか？」

「良いよ別に、この辺の連中なら余裕だよ。心配しなくて良い。それに親父さんが俺のために怒ってくれたんだ。なら後は力を見せるだけだ」

さてかっこよく決めた後、隊長さんを待っていた。

「連れて来たぞ!!」

兵士が連れて来たのは隊長さんらしいが、正直爺さん達に比べあんまり強そうじゃない。

「貴様か、我々を侮辱した人間と言うのは」

「そうだ。と言ってもこの喧嘩を買わなかったらの話だったんだけどね」

一応訂正させてもらう。

それにこれは俺の力を見せるための喧嘩だし、ある程度は強くないと逆に困る。

「ふん、人間が我々ドラコ・ニュートに勝てるとでも？」

「当たり前だろ。俺は勝てる相手としか戦わない主義なんだ」

また少し挑発する。

いやこいつら面白いぐらいに乗って来るから挑発しやすいわ。

「我々が今回の決闘のルールを決めさせてもらう。異論ないな」

「ないよ。ただ見届け人としてミドガルムズオルムさんを推奨する」

一応公平だと思う人を配置させてもらわないと。

「我々は構わない。ミドガルムズオルム様、宜しいですか？」

「うん。構わないよぉ」

よし、後はあいつらの言うルールが何かによるな。

「ではルールはシンプルに気絶、もしくはリタイアのみでどうだ？」

「俺は問題無いよ」

多分武器とか平気で使って来るだろうな～。

スキルもバンバン使って来るだろうな～。

だって勝てば良いんだから。

「では始めよう」

隊長さんが槍を構えながら言った。

やっぱり武器はありっと、でも俺の脇差はかなり高性能で関係無い物まで切っちまいそうだしな？　今回は使わない方が良いかも。

なので今回は拳を構える。

「貴様！　どこまでも舐めおって!!」

おーい、職業『拳闘士』の人に怒られるぞ。

「それじゃぁ、始めぇ」

締まらない声だな。

これじゃ気合い入んねーよ。

「ウオオオォォォォ!!」

入ってた！　隊長さん気合い入ってた!!

よくあんな開始の合図でそこまで声出せるの？

「はっ！　せいっ！」

おっと、連続の突きは意外と威力あるな。

しかも素手の俺は圧倒的にリーチが足りない。

ま、逆に言っちゃうと懐に入っちゃえば俺のもんなんだけどね。

さて、いつ攻めようかな。

「何も出来ないか！　当たり前だな、お前は人間なのだから!!」

いちいちうるせえなぁ。

「そんなこと言ってると足元すくわれるぞ」

「黙れ人間風情が!!」

忠告は聞いておくもんだと俺は考えてんだけどな。

ならさっさと決めよう。

といっても今回は相手のほうがリーチがあるからまずあの槍をどうにかしてからだな。

壊すか、叩き落とすかどっちにしようか？

「貴様いい加減戦え！　逃げてばっかりではないか！」

「仕方ないだろ。そっちの方がリーチある分攻めにくいんだよ」

よし、あの槍は躱すか。

「じゃあこうしよう。次の一撃で決めよう。俺も全力で行くからそっちも全力で来いよ」

俺は手招きしながらまた挑発した。

どうもドラコ・ニュートって種族は直情的な連中みたいだしな、軽い挑発でも簡単に乗ってきてくれるから楽だな。

「……良いだろう来い!!」

いやほんとに簡単だな!?　挑発しといてなんだがマジ簡単、チョロすぎ。

隊長さんも槍を構えるので一応俺も構えておく、正直カウンター狙いなんだよねー。

……てか攻めて来ないな、予定変更一気に行きます！

『身体能力強化』『覇気』と常に使っている『魔力探知』『五感強化』『第六感』を並行使用の本気中の本気で強化。

では、リュウ参ります！

強化された身体で隊長さんの前に来たが反応がない？　ま、いいか。

『身体能力強化』に加えて『覇気』で身を守るオーラを更に密で硬くした拳で思いっきり殴る！

「ガッ！！！」

殴られた隊長さんはそのまま城門の隣の壁にぶつかった。

そこから蜘蛛の巣みたいに壁が壊れたが……うん、これは事故だ事故。

「そこまでぇ、この勝負はぁリュウの勝ちぃ」

のんびりとしたミドガルムズオルムの声でこの勝負は終わった。

「「た、隊長ー！」」

外野でワーワー言ってた兵士達が慌てて隊長さんに駆け寄った。

「オルムさんこれで入国できますよね？」

「オルムさん？　ああ、僕の名前長いもんねぇ。うん入国できるよぉ。ドラゴンは約束を守るからねぇ」

ああ良かった、隊長さんをあんな風にしたからやっぱりなし、なんて言われたら本気で帰るところだったよ。

「全く、やりすぎじゃ」

ポカンと爺さんが軽く殴った。

「良いじゃん。これでドラゴン達に俺の力をアピールできた」

「それでもじゃよ。しかしリュウはすべての相手を格上のように見る癖のようなものがあるのう。それは直しておけ、格下相手に体力を無駄に消耗することになるぞ」

あ、それはあるかも。

しかしこの森では普通に俺より強い奴らばっかりだったからどうしても上だと思っちゃうんだよな。

「しかしあの一撃はとても良いものじゃった。それは認める」

よし！　基礎的なスキルばっかりで不安だったけど、爺さんが認めてくれたってことは自信持ってもよさそうだ。

「小僧。そこまで強くなったのか」

「ん？　親父さん達にはまだまだなんだからこれからも強くなる予定です！」

「そうか……なら励めよ小僧」

「うっす!!」

リルとカリンのためにも頑張ります！

「それじゃぁ開けるよぉ」

オルムさんが門に手をかけズズズと門を開けた。

「オルムさんすげぇ……」

「ミドガルムズオルムは単純なパワーのみなら儂より上じゃよ」

流石伝説様だ。

こんなにでっかい門を一人で開けるとか今の俺には無理だわ。

するとオルムさんはきれいな礼を俺達の前でした。

「ようこそ龍皇国へ」

門の先は何もないただの道だった。

しかしそのさらに先には町が見えた。

「あれが龍皇国の城下町だよぉ」

意外と人間の町に似ている気がする。

「あんまり人間の町と大差ないんだな」

「仕方ないよぉ、普段は人化してないといけないしぃ普通のドラゴンよりぃドラコ・ニュートの方が多いからねぇ。どうしても家のサイズとかは人間とあまり変わらなくなるんだよぉ」

「へ～それじゃ普通のドラゴンはどのぐらいここに住んでんだ？　大体で良いからさ」

「う～ん、大体ぃ三割ぐらいかなぁ？」

三割か、十分多い方だと思うがこれは少ないのか、多いのか？

「詳しい話はぁ龍皇にでも聞いてぇ、僕は普段此処にはいないからさぁ」

ふむ、では詳しい話は龍皇にでも聞くか。

後は黙ってただ歩く、いやだって特に何も無いからさこの道。

そして少し歩くと町に入った。

そこには様々な人がいた。

蜥蜴の頭をした人、人間の頭をしているが角や尻尾が有る者、人化で完全に人間の姿になった者達がいた。

「この人達のほとんどがドラコ・ニュートなのか……」

「そうだよぉ。ドラコ・ニュートの先祖は人化したドラゴンと人間のハーフが多いけどぉ、中にはぁ『リザードマン』が進化してドラコ・ニュートになった人達もいるけどねぇ」

ほぉ、あの蜥蜴は進化するとドラコ・ニュートになるのか。

「しかし、よく賑わっててとても危険が迫ってるようには見えないな」

「しかたないよぉ、みんな龍皇がぁどうにかしてくれるって信じてるからぁ危機感がないんだよぉ」

良く言えばそれだけ龍皇の実力を信じてるってわけか。

「しかし緊張感が無さすぎる気がするのう」

「ははは、ぁ、邪龍が復活するからもう少し危機感が欲しいよねぇ」

爺さんの言葉で苦笑いするオルムさん。

「ところで俺達はあの城で何すんの？　会議みたいな事でもするのか？」

「ううん、ただの顔合わせだよぉ。作戦会議は援軍が全員揃ってからだって言ってたぁ」

全員揃ってから？　それって時間的に余裕あるのか？

「ほらぁ、そろそろお城だよぉ」

確かにでっかい城がほぼ目の前にあった。

「オルムさん、またここでも人間だからって面倒なことになんないよな？」

「大丈夫だよぉ、それは外側の門番だけだよぉ。内側の門番はもっとぉエリートの人達だからそんな事多分しないよぉ」

多分か、多分なのか。

そんなに人間は弱いですか。

「小僧の場合余計だろう。ただでさえ職業が『調教師』なのだからな」

「それはありそうじゃのう。強き人間は皆戦士か魔術師のような戦闘に特化した存在ばかりだったからのう。仕方がなき事じゃ」

うう、自覚してますよ。

自分が相当イレギュラーな存在ってことぐらいはさ。

だってほとんどの『調教師』は自分から戦いには行かないものなんだろ？　でも俺は自分で戦いに行くし、周りの従魔を使い捨てみたいな事はしたくないし、一応やるなら皆でって感じだし……

「リュウ君は優しいねぇ」

「んあ？　優しい？」

「そうでしょぉ？　優しくない人がぁ周りの子を心配するとは思えないなぁ」

「いや、当たり前のことでしょ？　ダチや家族、しかもリル達は俺の嫁だ。旦那として当たり前のことだと思うんだが？」

するとその一言にオルムさんは嬉しそうにしていた。

「やっぱりリュウ君は面白いよぉ、フェンリルが気に入ったのもよくわかる。その考えそのものが人間の中には無いものなんだよぉ。きっと君は魔物の希望になるかもしれないねぇ」

俺が魔物達の希望になる？　なんかスケールのデカい話みたいな気がするがつまりあれか？

「オルムさんは俺に魔王でもやれ、とでも言うつもりか？」

「あははぁ、ある意味ぃそれに近いかもぉ」

オルムさんは楽しそうに笑った。

「まて、こんな弱い小僧が魔王にでもなったら我らの格が心配されるぞ!?」

「そうじゃの。せめて儂や龍皇に匹敵する程ではないと他の者達も納得しないじゃろう」

「ちょっと待って！　俺は別に魔王とか目指そうとか思ったことはないからな!?」

「魔王を言い出したのはぁリュウ君じゃないかぁ」

「いやそうだけど!!」

他のフェンリル達もこの話を聞いて「リュウが魔王か…」「面白くはなりそうだな」「その時は俺達もっとうまい飯食えるかな」なんて話し声が聞こえてきた。

いや本当に目指してないから！

「ま、それもこの戦いが終わってからになるけどねぇ」

少し緊張感を持った声がオルムさんから聞こえた。

「それじゃぁみんな、龍皇にあいさつしに行こうかぁ」

龍皇国の城が俺達を待ち受けていた。

真面目そうな門番の隣を通りすぎ、龍皇が居る玉座の間の前まで案外あっさり来た。

「てっきり身体検査とか色々面倒なものがあると思った」

実際フォールクラウンでは身体検査はあったから今回もあると考えたがここには無い。

「そんなことしても意味無いよぉ。魔物相手に言ったらぁ切りがないしねぇ」

あ、そっか。

人間相手なら道具を取り上げれば無力化出来るかもしれないが魔物相手じゃ意味が無い。

なんせ爪や牙、はたまた炎やら毒やら吐き出す連中も居る。

それじゃあ奪ったところで意味が無いと思っても仕方ないか。

「ところで今更だと思うが龍皇の種族とか俺知らないんだけど」

「そういえば言ってなかったの」

爺さん……オルムさんが爺さんの代わりに説明してくれた。

「龍皇はぁ『火炎龍』の進化種で『緋焔龍』って種族だよぉ」

「それって……どのぐらい強い？」

「スッゴく強いよぉ。火炎龍の……どのぐらいだろう？」

「分かりやすく儂とどっこいどっこいとでも思っておけば良いじゃろ」

爺さんと同じレベルか、なら逆立ちしても俺には勝てないな。

「そんな奴が色んな種族集めて戦争とか、どんだけ面倒なんだよ。アジ・ダハーカって奴は」

「奴は増殖するスキルと魔術が厄介なんじゃ。実際戦いながら自身の治癒までするような奴じゃしの」

つまりあれか？　こっちが傷付けた分だけ増えるくせに自分の怪我治すってか!?

厄介過ぎる、面倒臭過ぎる。

「何で封印解けてんだよ！　一生封印させとけ勇者!!」

「封印したのはその時の『賢者』だったがな」

親父さん！　その情報正直どっちでもいいです!!

「解けたものはしかたないよぉ。それに今は勇者に任せられないからねぇ」

「そういや……こういう時こそ勇者様のご登場だろ。勇者はどうした？」

「どうもぉ、今回の勇者はやたら魔物の類いを敵視してるんだよぉ。おかげで僕達がするしかないんだよぉ」

困った様に……いや本気で困ってる。

今の勇者はティア、あいつは……大の魔物嫌いだ。

タイガの奴が言ってたが、どうもあいつが相手してきた魔物は知性も理性も無いただの獣同然の連中ばかり戦ってきたらしい。

そんな存在が小さな村や町を襲って人々を喰らってきたのを見てきたので魔物＝知性のない存在として見ている。

おかげで魔物はただの醜悪な生物としか見ていない。

「あれじゃ逆に後ろから刺されるな」

「だよねぇ」

沈黙がこの場を支配した。

しばらく沈黙していると立派な兵士が来た。

「お時間です」

そう言うと扉が厳かに開いた。

「みんなぁ、フェンリルとその息子君以外は後ろで横一列になって待っててねぇ」

つまりボスは前で従者は後ろに居ろって事か。

ま、俺は特に話すこともないから楽だけど。

「オルムさん、後ろに居るときは膝とか突いてた方が良いのか？」

「ううん。しなくて良いよぉだってぇ今回は龍皇の方がぁお願いしてきたんだからぁ」

「そっか、それじゃ普通に立ってるな。ありがと、オルムさん」

「お礼なんて良いよぉ」

でも何か嬉しそうなオルムさんだ。

扉が完全に開いた後俺達は部屋に入った。

フォールクラウンの様にたくさんの近衛兵は見当たらず、ぽつりぽつりといた。

戦争の準備でもしてるのか、それともただ単に龍皇を守るには相当な実力が必要なだけなのか。

少し歩くとすでに龍皇と思われる人が玉座に座っている。

緋色の髪に鋭い金色の目、筋骨隆々な肉体、そして何よりあいつが纏（まと）ってるオーラがかなりの密になっていてかなりヤバい！

その隣にいる女性もかなり危険だ。

白銀の髪に柔らかい瞳、細く白い肌、そんな優しそうな女性だが俺には分かる。

あの人は隣にいる龍皇と同じレベルに達している人になるのだろう。

「『龍皇（ドライグ）』、連れてきたよぉ」

「ミドガルムズオルム、礼を言う。まさかここまでの強者を連れてくるとは思っていなかった」

「僕だってぇできれば兄弟を巻き込みたくなかったけどねぇ。でもここで押さえておかないとぉ兄弟の住処まで危険に巻き込むのは目に見えてたからねぇ」

「しかしその人間で大丈夫ですか？　あまり力がある様には感じませんが」

うっわ、ここでもかよ。

「大丈夫だよぉ『龍皇女（グウィバー）』。彼は僕達ほどでは無いけどドラコ・ニュートよりは強い」

「そうですか。すみませんね、あまり強い人間には会った事は無いもので」

「い、いえ。弱い種族ですのであまり気にしないでください」

「あら、認めるのですか？」

「はい、私も爺さん……じゃ、なくてフェンリルに鍛えられる前はとても弱かったので」

「ふふ、そうですか」

「んん」

龍皇が咳払いしたので俺とグウィバーさんの話は終わった。

「フェンリル殿達にはこれより今いる種族で作戦会議をしたい、ご同行いただけるだろうか？」

「儂等は構いませぬ」

「この会議で我らの命運が懸かっていますので是非」

「では他の方々には部屋をご用意しています。そちらでお休みください」

俺達は休んであとはボス同士で会談って感じか。

「どうぞこちらへ」

グウィバーさんが声をかけてくれたので、残った俺達はこの場を後にした。

さて、とりあえず部屋でごろごろしてるが………暇だ。

とりあえず余った俺達はそれぞれ部屋を与えられ皆近くの部屋にいた。

更に一人一人に担当の世話役、と言う見張りの人付きで。

龍皇と爺さん達の会談が終わるまでかなり時間掛かる様だし少し城の中でも見て回るか。

……部屋を出ると俺担当の世話役って人がいた。

三十代前半ぐらいの綺麗な女性。メイド服を着ていて、仕事の出来る女性、という印象が強い。

「お出掛けですか」

「ああ、と言っても軽く城の中を散策するぐらいだが。よく分かんないから案内してくれないか？」

勝手に入っちゃいけない部屋に入った！　とか言われるのも面倒だし。

「分かりました。ではご案内します」

案外あっさりとしていた。

ただこの人あの隊長さんより強そうなんだよね。

動き方に体内の魔力量、かなり高い。

多分だがこの人はドラゴンだと思う。

でも誇り高いドラゴンが客人とは言え仕えるか？　と言う疑問はあるけど。

「……あまり女性をじっと見ないものですよ。リュウ様」

おっと、どうもこの人をじっと見過ぎていたらしい。

「あーごめん。何かこう言うの慣れてなくてさ、それにあんた純血のドラゴンだろ？　良いのか？

客人とは言え人間に仕えるのは嫌だと思うが」

「仕事とプライベートは区別していますのでご安心を」

つまり内心やっぱり嫌なのね。

なら俺も余り質問とかはしない方が良いか。

「こちらは食堂でございます」

って感じで案内が始まった。

「こりゃ絶景かな絶景かな」

予想よりかなり広くてデカかった。

食堂だ、図書館だ、兵士の訓練場だと色々見て回ってる内にデッカい中庭を見ていた。

「お気に召した様で良かったです」

「いや本当にスゲーよ。こんな立派で綺麗な場所は初めてだ」

「それはグウィバー様も姫様も喜びます」

「あれ、お姫様居たんだ」

「当たり前です。グウィバー様には我々配下の者のためにもお子を遺していただきませんと」

この人意外としたたかだな。

自分達のために子供遺せって。

「まぁ、国としては大事な事だよな。うん大事、子供大事」

「分かって頂きありがとうございます」

この人ヤりずれー!!

それといい加減言って良いかな。

「後質問良いか？」

「何でしょう」

「俺の後ろにずっと居るのは誰だ？」

俺の『魔力探知』そして『第六感』にずっと反応があって気になっていた。

一定の距離を保ちながら俺を観察し続けている。

正直余りイイ気はしない。

「…………」

黙(だん)まりか。

「おーい。話ぐらいならしてやるから出てこい」

後ろをじっと見ているとて出てきた。

ピンクの髪をツインテールに括った女の子だった。

「よく私の気配がわかったな！」

…………何こいつ、どっかのガキんちょか？

「で俺に何の用だ」

「その腰に付けた物をくれ」

腰ってまさか俺の脇差のことか？

「くれてやるわけねーだろガキんちょ」

「な！　ガキんちょだと!?」

「ガキはガキらしくおままごとの包丁でも振り回してな」

しっしと手を軽く振る。

それを見ていた世話役さんがため息をつきながら言った。

「出来るだけ持ちこたえて下さい。今保護者を呼んで来ます」

「あ、よろしくお願いします」

世話役さんは直ぐに消える様に居なくなった。

やっぱあの人かなりの達人だよ。

「貴様、私を馬鹿にしたな……」

「いいからチャッチャと帰れ。保護者が来るぞ」

「なら無理やり奪ってやるのだ!!」

さて、意外な形で意外な奴と闘う事になったがまぁ良いか？

相手はガキんちょ、軽く遊んでやるか。

真っ直ぐ突っ込んで来るガキ、俺は軽く避ける。

「てい！」

こいつの狙いは脇差であることは分かってるから避けるのは簡単簡単。

「ええい、さっさと奪われるのだ!!」

「嫌なこった」

流石にいくら気に入らないガキでも殴ったりするわけにはいかないからな、とにかく避ける作戦で行ってます。

「う〜、さっさと寄越すのだ！」

「あらあら、嬢ちゃんは泣き虫だな。べそかいてんの」

せせら笑う。

「うがー!!」

「わー、嬢ちゃんが怒った」

更にせせら笑う。

「もう完全に怒ったのだ！！！」

「ってちょ!!」

怒ったからって直接人を狙うか？

人様の鳩尾狙って来やがった！

こいつどんだけ我儘（わがまま）に育ったんだ！　絶対こいつの親は馬鹿親だな。気に入らない。

「あんまり馬鹿な事してっと殴るけど良いか？」

「私を殴れる者などお父様とお母様しかいないのだ！」

「のだのだ煩い!!」

殴れないらしいので思いっきり蹴り上げた。

「え？」

嬢ちゃんが驚いた様にしてるがまだ全力は出してないぞ。

「きっ貴様〜!!　私を蹴ったな!!」

「だからどうした？　糞ガキを蹴って何が悪い？」

「平然と言わぬものだろそこは!?　それに私は決して糞ガキでは無い!!」

「いや糞だろ。人の物を奪おうとする奴は」

「私は許させるのだ!!」

「俺は許さない」

いくら言っても聞かないガキはもう潰そう。

後で親がなんて言ってこようが知ったこっちゃねぇ。

『身体能力強化』『覇気』を発動。

「悪いな糞ガキ。何度言っても聞かないガキは」

拳を構え、更に魔力を集中させながら言った。

「殴って無理やり分からせる主義なんだ」

殴ったと同時に魔力放出で威力を上げる！

「つが!!」

そのままガキは城にぶち当たった。

「ふー」

ガキが軽いせいか意外とよくぶっ飛んだな。

「う、うう……」

「あれ？　気絶してなかったか。頑丈だな糞ガキ」

「うえーん!!」

うお!!　いきなり泣いた!!

「何で、何で勝てないのだー!!　私の方が、私の方が魔力も、血統も優れているのに何故なのだ!!」

うっわー。血統とか言ってきたよこのガキ。

「血統なんて関係無いだろ。ただ単に今強いか弱いかだけだろ」

ってこの考え方完全に魔物思考だ。

「こっこうなったら意地でも……」

「あら、意外な結果ですね」

……やっぱこの人ただ者じゃねぇ。

俺の『魔力探知』を掻い潜っていやがる。『五感強化』と『第六感』には反応があったが、それでもあやふやな反応だった。

「あ、あわわわ!?」

ガキんちょが世話役さんを見て怯え始めた。

「知り合いですか」

とりあえず聞いてみる。

するとため息をついて「私の孫です」と言った。

って孫!?

「十分保護者じゃん!!」

「嫌です、あんな躾の成ってない孫など」

これはこれで辛辣なお言葉、なら親は誰だ?

「その、娘がすみません………」

そう言ったのは。

「グウィバーさん?」

つまりこいついつこの国の王女かよ!!

「グウィバーさん? てことはこいつがこの国の王女様!?」

え、こんな我が儘娘が王女とかマジかよ………

「この国終わったな」

ついポロッと口から出た。

「さっ流石に終わってはいないでしょう!!」

そうグウィバーさんが言うが……こりゃやっぱり終わってるだろ。

「何やら騒がしいと思ったら、やはりリュウが居ったか」

「あ、爺さん。会議終わったのか？」

「そこの王女が暴れていると聞いて一度休みになった」

「親父さん。てことは邪魔しちゃった？」

「ええわい、良い息抜きになるからの。して一体何があった？」

とりあえずここに居た各ボス達に説明した。

「なるほど、王女の癇癪か」

「しかし随分と傲慢な」

「血統は分かるが実力が無ければただの血か」

などなど、俺の説明を聞いて呆れるボス達。

「それはその者の主張であって！」

「いい加減にしなさいオウカ!!」

ビクッ！　と反応する王女。

お前名前あったんだ。

「貴女が負けたのは偶然ではなく必然です!!　その甘えた考えと日頃の鍛練不足が原因です。リュウ様、これはあくまでお願いですが我孫の鍛練の相手をしていただけないでしょうか」

世話役さん改め王女の婆さんが俺に頼んできた!

「え!　俺ですか!?　どうせならもっと強い此方の方々にお願いした方が……」

「その場合この子は直ぐに逃げ出します。リュウ様に怒りを覚えている貴方なら逃げる事は無いかと愚考いたしました」

うう、この人教育婆さんだ。

「我名に賭けてこの子を次の世代の女王にしなければいけないのです。どうかご協力を」

人間の俺に頭を下げるとは……そんなにこの人の意思は強いのか。

「見ろ、あの『蒼龍女王(ティアマト)』が頭を下げたぞ」

「まさかあの女士が頭を下げるとは」

「あの人間、それ程の実力があるのか?」

……何だろう、ボス達が俺にものスゲェ視線を送って来るんだが?

「とにかく頭を上げて下さい。分かりました、お受けします」

「ありがとうございます。今回の報酬はどういたしましょう」

「報酬?」

つまり今回受けた事による礼って事で良いのか？

「……ならティアマトさんにはしばらく俺の師になって頂けませんか？」

「師にですか？」

「はい。今回のアジ・ダハーカと戦う際、今の俺では大して戦えないと考えています。ですのでギリギリまで強くなりたいのです。なのでティアマトさんにはそのご指導をお願いしたい」

しばらく呆けてたティアマトさんだが直ぐに王女を睨んだ。

「見なさいオウカ、これが貴女の負けた意志の有無です。貴女は全く強くなりたいと、まるで思わない貴女の差です。そしてリュウ様、その役全うして見せましょう」

「ありがとうティアマトさん」

「いえ此方もありがたい申し出です。戦力は強いに越した事はありませんから」

自然な笑みはとても孫持ちの様には見えなかった。

「リュウ……死んではいかんぞ」

何か知らんが爺さんが俺の肩にそっと手を置いた。

え、何この雰囲気？

「リュウ殿、頑張って下さい」

グウィバーさんまで!?

え、俺何か仕出かした？

「ではリュウ様。早速明日から修練を開始します。その際の体調管理や食事の管理は私がしますのでお任せを。オウカ、貴女も同時に指導しますので決して逃げたりしない様に」

王女は完全にビビって動けない。

「リュウ、先に言っておくとティアマトはとてつもないスパルタなんじゃ」

あーうん。

何となく分かった気がする。

「では食事管理は今日から始めます。お残しは認めません。ではまた」

ティアマトさんは帰りがけグウィバーさんと王女を捕まえて行ったが、きっと旦那のドライグさんも今日はこってり叱られるのだろう。

さて、ひさしぶりの修行は相当なハードモードになりそうだ。

早くも次の日の朝。

「おはようございます。リュウ様、早朝の鍛練の時間です」

……マジか。

いや普段から日の出とほぼ同じぐらいに起きてるから良いが他の連中はまだ寝てんじゃないか？

「早朝は軽くランニングです。オウカ様と一緒に走って頂きます」

「あいつまだ寝てんじゃないか？」

「此方に」

少し後ろに縄で縛られた王女がいた。

「何故私まで……」

思いっきり愚痴ってやがる。

「なら少し着替えます」

「早めにお願いします」

早朝トレーニング、ティアマトさんのドラゴン状態から逃げる。しかも『身体能力強化』のようなスキルは不使用で。

「ぬおおおおぉぉぉぉぉ!!」

『ほら速く走らないと踏みますよ』

「ただのランニングじゃ無かった!?」

『当たり前です。それでは緊張感が無いですし、自分のペースでは大した鍛練になりませんから』

「そういえば王女はぁぁぁ!!」

『大分前に踏みました』

「潰されて堪るかあああぁぁぁぁ!!」

ランニング後、ティアマトさんにストレッチをされていた。

「いだだだだ！　もうちょい、もうちょい優しく！」

「ダメです。ここでキチンと伸ばしておかないと後が大変ですよ、それからこの後は朝食になります」

「分かりましっだ！」

「はいこれで終わりです」

やっとティアマトさんが解放してくれた。

これマジでキツい、朝からヘロヘロになるとは思ってなかった。

「朝食ですよ」

ティアマト様の催促。

はいはい分かりましたよ、飯食いに行きますよ。

仕方なくノロノロと起きた俺、偉い気がする。

「そういや王女は？」

確か踏まれたのは聞いたがその後は？

「勝手に帰って来るでしょう。朝食後は少し休憩にしますので寝ない様に」

置いて行ったのか。

色々残念な王女様だ。

朝食を食って少しするとティアマトさんから招集がかかった。

「ではこれより本格的に修練を始めます」

「はい！」

俺は元気に返事をしたが俺の周り、龍皇一家が元気無くそこに居た。

何故ここに居るかと言うと王女を甘やかした罰として一緒に修行することになったとか。

「今回の修練はリュウ様を中心に行います。修練の内容は無駄な力を出来るだけ無くす事です」

「はい先生！　それはどんな効果がありますか？」

「簡単に答えると無駄な力を無くす事で技のクオリティが上がり、無駄な体力の消耗を避け、より効率的に動く事が出来ます」

ほうほう、体力の消耗を避けるだけじゃなく技のクオリティまで上がるとは一石二鳥じゃないか。

「ただしこれは経験によるところが多いので、ひたすら反復練習が必要なものになります」

う～む、やはりそう簡単には修得出来る技術じゃないか。

「ではリュウ様。まず私を殴って下さい」

「…………は？」

「まずリュウ様がどのくらい無駄なく攻撃出来ているかチェックします」

あ、なるほど。

てっきり頭おかしいのかと思ったぞ。いきなり自分を殴れって言った時は。

「それではチェックお願いします」

「はい」

ティアマトさんは掌を俺に向けた。

ただ殴るのではダメだし一体どんな風に殴れば良いんだ？

無駄なく、真っ直ぐ攻撃が通るイメージ……

あ、そうだ。

あれだあれ、相手の心臓を止めるやつ。

あの感じで殴ろう。

「何時でもどうぞ」

ティアマトさんの催促。

では俺の思うこいつが無駄の無い拳か教えてもらおうか。

拳を構え思いっきり殴った。

「ふむ………基礎は出来ている様ですね。構えず直ぐに撃ち込む事は出来ますか？」

何か受けた掌を確認するようにしながら言った。

「いえ流石に直ぐに撃ち込むのはちょっと……」

「ではオウカの相手をしてもらいながら、普段から撃てる様にしてもらいましょう。オウカ、ひたすらリュウ様と組手をし続けなさい。ドライグとグウィバーは私とひたすら組手です」

王女は明るくなり、ご夫婦は嫌そうな顔をしていた。

組手をやりまくって早くも昼。

「なぜ、なぜまた私は勝てないのだ!!」

また王女が駄々をこねている。

今回の組手も俺の圧勝で王女はいつもの力ずくのごり押しだったので避けたりするのは簡単だった。

ただ今回はティアマトさんの指示に従いできるだけ無駄な力を入れないようにするのは結構きつかった。

「では皆様、昼食にしましょう」

ティアマトさんの一言で一度休憩が挟まれた。

てかティアマトさん、龍皇とその嫁さんを相手にしてなんで息一つ切れてないの？

この中で一番強いのはやっぱりティアマトさんでしょ。

疲れ切った体で少しずつ飯を全部食った後、再び修業が始まった。

しかし午後は龍皇達は仕事やアジ・ダハーカへの対策会議だかでいない。

「では午後の修練を開始します。午後も午前とあまり変わりません、ランニングをした後リュウ様は今度は私と組手をしてもらいます」

とうとう来たかこの時が！

スパルタ教育のティアマトさんとの組手、なんか爺さんと初めて組手した時と気分が似てるな。

怖いけど何となく楽しそうな、面白くなりそうな感じだ。

「ではランニングから始めましょう」

さて、軽くないランニングが終わってティアマトさんとの組手の時間が来た。

午前中の龍皇とその嫁さんの相手をしているときチラッと見たがかなりのレベルだったと思う。

爺さんのようにスピードで戦うタイプとは違ったが、どこか似た雰囲気があった。

きっと油断しない達人達は皆あの雰囲気を纏うのだろうか？

『では始めましょうか』

…………いやちょっと待って、なんでドラゴンの姿のまんまなの？

「あの、ティアマトさん？　なぜドラゴンの姿なのでしょう？」

『あら当たり前ではありませんか。これより相手になるのはドラゴン、ならこの姿のほうが都合が良いではありませんか』

あーつまりあれか？

アジ・ダハーカはドラゴンの姿で襲ってくるから、その前にドラゴンを殴る感覚に慣れとけと？

「……………俺の拳持つかな？」

『そのための修練です。さあかかってきなさい！』

……いや～無理じゃね。

スキル無しで殴るとかただの自殺行為だろ。

『……何か勘違いをしているようですがスキルは使用して良いですよ？』

あ、そうなの!?　なら殴れるわ。

「それじゃ手合わせよろしくお願いします!!」

『私も少し強めに行きますのでご注意を!!』

え……強め？

『はあ!!』

ぬわー！　これヤバい！　いきなり前足で潰そうとしてきた!!

これ攻撃入れるだけでもかなり難しいぞ！

しかもドラゴンの姿になってるから跳ばないと身体とかには攻撃できないし！

てか絶対跳べば叩き落とされる!!

『こら！　逃げてばかりいないで攻撃しなさい!!　何のための修練ですか!!』

ええい！　こうなったら前足を殴ってやる！

「おっら！」

…………こりゃダメだ、ビクともしねぇ。

え？　なにこれ、ドラゴンってこんなに硬い鱗と重い体重なのにどうやって攻略しろと？

『呆けてる暇はありませんよ！』

ブンッ!!

「ぬお！」

前足にブン投げられた！

ってそこから追撃するのか!!

目の前にティアマトさんの前足が！

「グハッ！」

いって～、思いっきり踏みつけられた。

鎧と『覇気』のお陰である程度ダメージを軽減できたがこれはきつい！

『早く立ちなさい。まだまだこれからですよ』

「わかりましたよコンチキショウ！」

こうして夜になるまで俺はティアマトさんにいじめられ続けたのだった。

『では今日は此処までにしましょうか』

晩飯の三十分ほど前にティアマトさんは言った。

「あり……がとう……ございま…した」

「よく耐えきりましたね。明日からも今日と似た内容になりますので食事が終わったらゆっくりとお休みください」

やっと、やっと終わった。

終わるまでに何度踏まれたことか……

これがスパルタの実態か。

「もちろん明日も修練しますよね？」

俺はむくりと起き上がりながら言った。

「そりゃ俺が言い出したことですからやめませんよ」

「なら良いのです」

その時見た笑顔は本心からだと分かった。

＊　　＊

「どうじゃ、修行の様子は」

「順調ですよ。とても良い子ですよ、リュウ様は」

深夜、ほとんどの者が寝ている時間だ。

しかしフェンリルとティアマトは酒を交わしながら居た。

「お主が人間を誉める時が来るとは思っておらんかった」

「私自身も意外ですよ。まさか人間が私の修練に付いて来られるとは思ってもみませんでした」

「あやつはどこか力に貪欲な部分が有るからの、その内儂らを追い越す日が来るのかのう」

どこか嬉しそうに言うフェンリル。ティアマトはそのフェンリルに言う。

「もしその時が来たとしても大分先の話になると思いますよ」

「そうじゃろうな。早くて二十年程かのう？」

「人間にとっては長いかもしれませんが私達にすればとても短い時間だと思いますよ」

「だから良いのじゃ。あやつにとって長い時間であっても我々にとってはごく短い間、短い間に早く強くなれば儂らの群れも安泰じゃ」

「…………羨ましいお話です。私の所は実力はありますがオウカに甘過ぎで……」

ため息をつきながら言うティアマト。

憂いを帯びた表情はとても疲れきっているように見える。

「ドライグはともかくグウィバーは私が直接育てたと言うのにまるで躾も成ってない。それどころか甘やかしてばかりいるものですから私が躾けるしかなくて…………お陰でオウカはやりたい放題の我が儘娘になってしまいました」

「……育児と言うものは親にとって永遠の課題なのかも知れんのう」

どこか遠い目をしているフェンリル。

実際孫であるリルもある程度躾けてはいたが群れの若者達と共に人間の国によく近付いていた。

まぁそのお陰でリュウと出会い、失った魔力を供給して貰い、まだ元気でいられるのだが。

「世の中上手くいかんのう……」

「そうですね……」

しばらく無言で酒を飲む。

するとティアマトはポツリと言った。

「無理やりにでもリュウ様をオウカの婿に出来ないかしら」

「げほっげほっ！　お主本気か!?　それとも酔っているのか！」

あまりにも唐突な話。

しかもリュウがオウカの婿になったとしたら。

「人間に龍皇の座をやって良いのか!?」

「多少問題は発生するでしょうが実力が有れば問題ありません。それに最近の若者は強くなろうとする向上心があまり無いのでこの際、と思いまして」

あまりにも平然と言うティアマトにフェンリルは呆然とする。

「それでも血統を重んじるお主らがそう簡単に上手くいくとは思えんがの」

「その時は決闘でもさせれば良いでしょう。私は血統より強き者を招き入れたいと考えています」

「それは……分かるが……」

血統より強き者、魔物であれば当然の思考である。

しかしこの龍皇国は代々純血のドラゴン同士で交わる事で力を次の世代に残し続けたのも事実なのだ。

「それにリュウ様は『あの方』に選ばれたようですから」

「あの方？　あの方とは一体？」

「我々の神です」

「まさか、あやつがリュウに力を貸すとでも。無理な話じゃよ、あやつの力は大き過ぎた。いままでも多くの者達があやつの力を手にせんと契約をしようとしたが、皆無様に死んだではないか」

そう、皆死んだ。

更なる力を求めて『賢者』『聖騎士』、更には『勇者』まで『あの方』の力を求めた。

しかし誰一人として無事に契約出来た者はいない。

「しかしリュウ様の魔力を放出するタイプの技から『あの方』の力を感じました」

「………やはりか、儂も気付いておったが勘違いだと思い込んでたからの」

もし『あの方』がリュウを認めていた場合、血統より大きな価値が生まれる。

誰一人として手に入らなかった力を手に入れた者として。

「……他に気付いている者はいるか」

「おそらくいないかと。『あの方』が失踪してかなり時間が経っていますから」

「一体いつ出会ったのじゃろうな、あやつとリュウは」

「さぁ？　それはいつの日かリュウ様と『あの方』に聞いてみましょう」

「そうじゃな。いつの日か聞いてみるかの」

＊　　＊

なんだかんだでティアマトさんの修行が始まって五日経った。

「おらっ!!」

この日もティアマトさんとの組手をしていた。

『なかなかの拳になりましたね。では私ももう少し出力を上げましょう』

こんな調子で一度もティアマトさんに勝ててない。

漸く近付いたと思ったら直ぐ引き離される事を繰り返してた。

いや本当にこの人強過ぎ。

長距離から魔力放出で攻撃しても全く堪えないし、直接殴っても鱗が硬くて目立ったダメージもなし。

一応無駄の無い拳は修得しつつあるらしいがまるで実感が無い。

でもまぁ最初の頃のようにヘトヘトになってないだけある程度は強くなった気はする。

『はぁっ!!』

ついでにデカい相手の攻撃のいなし方も分かってきた。

力は要るが意外とやり方は変わらず相手の動きに合わせる事でできる。

と言っても正直さっさと躱して前屈みになった所にでも一撃くらわす方が良い気がするけど。

「チェスト!!」

とりあえず今日も頑張ってます。

「今日は此処までですね」

「ありがとうございました」

「ふふ、今日もリュウ様はご成長なされた様ですね」

「そう……ですか？」

「はい。初日に比べて拳が日に日に重くなっています、実は時々私の手が痺れた時もあったのですよ」

「本当ですか!?」

「本当です」

よーしよーし、これは着実に修行の成果が現れてるって事だよな！　この調子ならアジ・ダハーカに一撃ぐらいは入れられるんじゃね!?

「それから明日は特別にお休みにします」

「え、良いんですか？」

「はい。リュウ様の成長速度は目を見張るものがありますし、一度ゆっくりと休むのも修練です」

ティアマトさんが言うと説得力は有るが一気に鈍ったりしないよな？

「ではリュウ様、明日はゆっくりとお休み下さい」

…………それじゃあ……観光でもしよっかな？

次の日、修行期間で初めてのお休みだったがいつも通りに日の出と一緒に起きた。

そりゃ前からこの時間帯に起きていたがここまで意識がはっきりしているのは修行が始まってからだ。

朝食の時間は変わらないのでこの際散歩でもしようと外に出る。

いつもティアマトさんに踏みつけられる恐怖を感じながら走った町は意外と静かだった。

どうも必死に走っていたせいであまり町をよく見てなかったよう。

パン屋、精肉店、武器屋など様々な店がある。

とりあえず今日は休みなので寄ってみたい所はチェックしておく。

リルとカリンに土産も買っておきたいしな。

そんな事を考えながら町を一周して城に戻った。

朝飯後、早速町に行こうとした時、面倒事が起きた。

俺にとって滅茶苦茶面倒な事が起こった。

大事な事なので二回言わせてもらった。

で、何が面倒なのかと言うと………

「…………」

何故か王女が一緒にいることだったり………

今朝ティアマトさんが俺に珍しく頼んできた。

どうもアジ・ダハーカ対策の話でティアマトさんもご意見番として呼ばれたとか。

それでいざというときのストッパーとして俺が選ばれた。

いや普段から飯やら修行やら世話になってるから断れないいんだよね。

「で、お前はどうしたいんだ？　なんか目的とかあんの？」

俺の部屋のイスに座って意外と大人しくしている。

「………なら教えてくれ。お前は何故そこまで力を求める？」

……突然だな。

「まぁなんだ、昔知り合いに言っちまったんだよ。強くなるって」

「だから何故？」

「当時は色々あったんだよ、ダチ二人が戦闘系の職業になって俺だけが普通……いや寧ろ不遇な職業だったからな。はっきり言って安全だけどつまらないって方があってるかも」

「そういえばお前の職業は聞いてなかったな。お前の職業はなんだ？」

「調教師」

「え」

「だから調教師だって」

「そんなわけあるか！　調教師が私に勝てるなど……」

どした？　急に勢いが無くなって。

「本当なのか、調教師だったのか」

「突然信じてどうした？」

「ふん、嘘か本当かぐらい私にも分かるのだ。それでなにか戦闘職に憧れでもあったのか？」

「特にねーよ。ただ、さっき言ったつまらないってのに繋がるんだろうよ。けど今は違うぞ、嫁がいるから嫁を護るために強くなるって決めた」

「嫁!?　結婚してたのか!!」

「ま、ごく最近だけどな」

「そう……だったのか」

「そこまで意外か？」

そんなに俺に嫁がいちゃダメか？

「うむ、お祖母様が私をその、あれだお前が私の婿になればこの国も安泰だと言っていたのでな。てっきり独身だと……」

「はぁ!?　なにそれ、俺一言もそんな話聞いた事無いけど!!」

ティアマトさんが裏でそんな事を企んでいたとは、やっぱりティアマトさん恐ろしい人!!

「とにかく！　お前には嫁がいるなら自然と話は消えるはずなのだ、多分」

多分か……ティアマトさん国の事になると結構凄い事するからな。

「ま、いっか。俺はちょっと町で土産でも買って来るけどお前はどうする」

「一緒に行くに決まっている!!」

では一緒に買い物に行きますか。

さてと、町に来たのは良いが人がいる時間帯に来るのは初めてだな。

「ところでこの国で金って使えんの？」

そう、まず大体にしてこの国に金の概念があるかどうかすら知らなかったりする。

「お前、さすがにこの国を馬鹿にし過ぎではないか？　と言っても基本は物々交換ではあるがな。一応金貨は使える。お前はどこの国の金貨で払う気だったのだ？」

「フォールクラウンの金貨」

「なら問題ない。フォールクラウンの金貨は世界共通金貨だからな」

流石フォールクラウン、世界の金を作っていたとは驚かせる。

「なら問題は無さそうだ。さらに聞いておきたいが金貨が使える店と使えない店はやっぱり存在するんだろ？　どうやって見分ければ良い」

「安心するのだ。ほれ、店に金貨の絵が描いてある店があるだろ、あれが金貨の使える店。逆に物と物をトレードしている絵は物々交換専門の店だ」

どこか自慢げに言う王女。

多分これは俺が知らないことを話して高を括ってるだけか、もしくはただ単に自分が知っていることを人に教えるのが好きなだけか。

「色々知ってんなら女向けのアクセサリーショップでも教えてくれ」

「女向けの？　ああ嫁が居ると言っていたな、その者達のための土産か。ではお母様やお祖母様がよく行ってる店に」

「流石に待て。それは最後にしてくれ、一気に破産する」

「ん？　ああすまん。お前は平民だものな」

てめぇ等王族に平民の何が分かる!!

「なら連れてってみろ！」

「はっはっは！　本当に破産するかも知れんぞ!!」

「値段見てから買うに決まってんだろ！」

大人の意地としてアクセサリーぐらい買えるとこを見せてやろう！

「ならばこっちなのだ!!」

こいつも調子良いな。

走って行ったあいつの後を追い掛ける。

ではいざ、高級店へ!!

「ここなのだ」

少し追い掛け続けると如何にも高級店の雰囲気が出まくってる店だった。

やっべ、マジで買えっかな？

「さあどうする？」

ああこの顔が気に入らない！

ニヤニヤして大人を馬鹿にした顔が気に入らない!!

「とりあえず入店してからだ」

「では突撃なのだ!!」

と言っても普通に入りました。

そりゃ高級店で物なんか壊したくねーよ。

「「いらっしゃいませ」」

おお！　これが高級店か!!

なんか店全体が光ってる気がする！

「オウカ様、今日の御用は何でしょう」

「うむ。この客人殿が妻に贈る品を探してるのでこの店を紹介したのだ」

「そうでしたか。ではお客様、どの様な品をお求めでしょうか」

おっと、俺の方にきたか。当たり前だけど。

「そうだな………髪留めとかかな？　あんまり女性受けの良い物はよく知らんからな。無難にいこうと思う」

「それは少し無難過ぎないか？」

「初めての贈り物でしたらもっとインパクトのある品はどうでしょう」

この時点でダメ出しくらった!?

え？　プレゼントってそこまで考えないといけないのか!?

「んなこと言ったってあんまり大き過ぎる物は持って帰れねーよ」

「ではネックレスなどはどうでしょう。あまり嵩張る事はありませんし、軽い品も扱ってます」

「あ、うちの嫁ネックレス嫌いなんですよ。なんか首輪みたいで嫌なそうです」

「そ、そうでしたか」

ちなみにこれはリルが言っていた。

「なら指輪はどうなのだ？　貰って嬉しくない女はいないぞ」

「あいつらの指のサイズなんて知らねーよ」

「むむ、サイズを知らんのか……」

「でしたらこちらのスカーフはどうでしょう？　肌触りも良く軽いですよ」

ん？　どんなんだ。

へー確かに肌触りも良いし綺麗な布地。

「これって何製ですか？」

「天蚕(スカイシルク)の絹製品となってます。夏は涼しく、冬はほんのり暖かい品です」

「ほんのりなんだ」

「スカーフですので」

ふーん、でも良い商品だよな。カリンはともかくリルには良い気がする。

「……一つはこれにするか。すみません、これの白いの一つ下さい」

「ありがとうございます」

「それと炎に強い品ってあります？　炎を使う子がいるのでその子の炎に耐える品が欲しいのですが」

「種族によりますが……プレゼントしたい方の種族を教えて頂けますか？」

そういや言っていいのか？　ガルダって？

「えっとガルダ……なんですが大丈夫ですかね？」

「え、ガルダってあのガルダでしょうか？」

「はい。そのガルダです」

ちょっと沈黙。

ま、普通はそうだよね。

いきなり伝説級の名前出せばこうなるわ。

「えっと、少々お待ちください」

おう、少々年単位で待っとくよ。

「お、お前の嫁はガルダだったのか!?」

「そうだよ。あとフェンリルの嫁がもう一人」

「二人も居たのか⁉」

「居るよ。あ、これ奥さんに良いかも。こっちは婆ちゃんの土産にするか」

それぞれ色違いで、奥さんには黄緑のスカーフ、婆ちゃんには水色のスカーフも買おっと。

「さらっと言うな！　ガルダは我々の天敵なのだ‼　本当にお前の嫁なのか‼」

「うるせーな。本当だよ。初めはそんなとんでも生物なんて知らなかったんだよ。今じゃ普通に一緒にいるけどな」

棚の商品を見てカリンの土産を物色しながら答える。

そういやカリンって髪を括ってたな、なら髪を括るリボンとかも候補か？

その場合髪と同じ色が良いのか、それともあえて違う色が良いのか？

あ、この黄色いリボンなんて良いんじゃないか？　炎の耐性は店員に聞くしか無いけど。

「ここではこんなもんで良いだろ。会計にいくか」

「会計よりガルダについて話すのだ‼」

まさか大金貨を一枚使う事になるとは、流石高級店恐ろしい場所。

「まさかお前が大金貨を持っているとは思っても見なかったのだ。いつそんなに稼いだのだ？」

「フォールクラウンで大稼ぎしただけ」

そう実際フォールクラウンで数ヶ月間暮らしていた時にマークさんの商売に協力したりギルドで

魔物を売ったりと色々やった。

　ドワルに直接俺達がよく食ってた鳥の身体を守っていた鉄を売ったりしているうちにかなりの金に変わっていたのだ。

「お前は運も良いのか？」

「運はかなり良い方だと思う。実際リルとカリンに出会えたわけだし」

「……納得」

　やけに疲れたような顔をした王女。

　そんなにカリンのことが怖いかね？

「次はどうするのだ？　さすがに土産を買って終わりではないだろ」

「いや一旦城に帰るぞ。腹減ったし土産も部屋に置いておきたいし」

「そこはどこかの店で食べるべきだろう。観光ならそれも楽しみ方ではないのか？」

「まーね。でもティアマトさんの飯旨いから良いかなって」

「そうです。今すぐお戻りください、昼食はご準備出来ています」

「お祖母様！　なぜここに！」

　やっぱり出てきたか達人世話役ティアマトさん。

「今帰るよ」

「では冷めないうちにお戻りください」

そしてまた消えるようにいなくなった。

「メイド長って皆あのぐらい出来るものなのか？」

「いや、お祖母様が凄過ぎるだけだと思う」

「そっか。とりあえず飯が冷める前に食えるよう走るか」

「ああ、そうだな」

飯が冷める前にどうにか食えた俺達、午後は………どうしようか？

「なあリュウ。お前はどのぐらい世界を知っている？」

王女から突然の質問が来た。

「さあ？　たぶんちっこい世界だと思うぞ。俺が行ったことのある国はここで三つ目だ」

「二つ目はフォールクラウンだよな、では一つ目は？」

「俺が生まれた国だよ。と言っても知ってるのは俺が育った町のことだけで、更にここみたいな城下町じゃないから大した名産も、事業もない小さな町。それが俺の知ってるあの国だ」

きっと城下町の方には何かしら産業ぐらいはあっただろう、でも俺は平民で大した向上心も特に持っていなかったから何が優れ、何を他国から頼っていたのかはわからない。

分からない以上俺の知っている国は俺が住んでいた町の事しか知らない。

所詮そんなもんだ。

「お前はあまり祖国を愛してないのか？　てっきり皆祖国を愛してるものだと思っていた」

「別に嫌いな訳じゃないさ。と言っても国から見れば俺は数多くいる平民の中の一人程度の認識だったと思うけどね」

特にこれといった感情があるわけではない。

逆に何も無かったと、言った方が正しいと思う。

「……………親しい友人は？」

「さあ？　今どこで何やってんだろうな～。腐れ縁の一人は勇者でもう片方は賢者として勇者をサポートしてるって聞いたことがあるぐらいだし」

「あの残虐非道な勇者はリュウの友人だったのか!?」

「残虐非道って。あれでも人間から見れば十分勇者なんだぞ。人間からのみ慕われてる勇者様」

「あれホントにどうにかしてくれないか？　お父様が今回のアジ・ダハーカをどうにかする際後ろから逆に刺されるとまで言った狂気の勇者なのだ。魔物としては恐ろしすぎる」

良かったなティア、お前の存在は多くの魔物に怯えられているようだぞ。

「と言ってもな。あいつ最初の頃はそこまで魔物を敵視してたわけじゃないからな。原因がわからんから俺にはどうしようもないぞ」

「そこは『調教師』だろ！　どうにか調教してくれ!!」

「言い方が酷過ぎじゃね!!　相手は同族だぞ！　んな事出来るか!!」

「私には無理やり殴って分からせる主義だと言っていたではないか!!」

「よく覚えてたな!?　そっちに驚いたわ」

しばらくぎゃあぎゃあとやかましく騒いでいたがお互い一時休戦となった。

「あ～、喉痛い」

「水貰ってくる……」

「水ならありますよ」

ここでも出てくるかティアマトさん。

いや有り難いんだけど、こうもちょいちょい出てくると普段どこから見張ってるのか気になってきた。

でも喉が痛いので水は有り難く頂戴する。

「少々厄介な事になりました」

「アジ・ダハーカの事ですか？」

「はい。かの邪龍を封印している術式が予定していた時刻より早く解けているのでおそらく予定より早く戦いが始まる可能性が出てきました」

かなり嫌な情報だな。

当時の賢者め、もっとガッチガッチに封印しとけや。

「このスピードだと今日中に現れる可能性があります。今のうちに覚悟を決めてください」

って今日中!?　いきなり過ぎるだろ！

「もう始まるのか……」

王女もなんだか緊張した顔になっちまったし俺もそろそろ気合い入れておかないとダメか？

「ティアマトさんその封印されている洞窟に行く事は可能ですか」

「……何をする気ですか？」

「いやただの興味だ。相手がどこから出てくるか確認しておきたい」

「それなら資料を」

「それじゃ俺は納得できない。実際にいる場所の方が相手がどのぐらいやばいか分かる」

相手を直接見ないと相手がどのくらいヤバいかわからない。

無理なら素直に逃げさせてもらうとしよう。

「……私が同伴します。それでも良いですか？」

「むしろこっちから頼みたいぐらいだ。お願いする」

「なら私も」

「いけません。あなたはこの国の未来なのです、そのぐらいご理解されているでしょう」

王女も言ったがティアマトさんにばっさり切り捨てられた。

そりゃ当たり前だよな、大事な孫を危険なとこに行かせたくないのは。

「それではリュウ様また後で参ります」

もうすぐ、伝説達が厄介という伝説の邪龍が姿を現す。

晩飯を食ってた時に龍皇からも連絡があった。

もうすぐアジ・ダハーカが復活するかも知れないって。

正直最前線は伝説級の方々に頑張ってもらい俺は溢れた眷族狩りにでも力を注ぎたい。

「リュウ様。そろそろ参りましょう」

ティアマトさんが迎えに来てくれた。

昼間に言ったアジ・ダハーカを封印している場所に今から行く。

勿論王女はお留守番。

国の外に出て東南にしばらく歩く。

「ティアマトさんはアジ・ダハーカと戦った事はありますか？」

俺はなんとなく聞いた。

「戦った事はありますがその時は私もまだまだ若輩者でしたので直接戦ったわけではありません。

しかしあれが出した眷族とは戦いましたがあれも強敵でした」

若い頃のティアマトさんが強敵か、俺本当に戦えるのか？

しかも本人じゃなくただの眷族に。

俺その眷族にすら勝てるかわかんね。

「もう少し自信を持ちなさいリュウ。貴方は強いのですから」

ティアマトさんが初めて俺を呼び捨てにした。

意外と悪くない。

「リュウ、貴方の弱点は人間である事では無くその自信の無さです。もし貴方が信じられないなら私が代わりに信じましょう」

穏やかで、安心感のある声。

全く、弱っちい人間を信じるとかドラゴンがすることじゃねーよ。

でもま。

「わかりましたよ、ティアマトさんがそこまで言うなら俺は強いって事にしておきます」

ティアマトさんは満足そうに頷いた。

でも向こうの気配はかなりヤバい。

『第六感』が逃げろと警告し続けている。

あ～あ、本当にこれからこのヤバいのと正面からぶつかって行かないといけないのかね～。

そしてついに封印している洞窟に近付いた。

いや本当に嫌な気配しかしないわ～マジヤバいわ～帰りたいわ～。

「ご苦労様」

扉を監視しているドラコ・ニュートにティアマトさんがねぎらいの言葉を掛ける。

一部封印が解けるのを遅らせようとしている連中以外が敬礼で応えた。

「邪魔する気もないのでさっさと帰りましょう」

「いえ本当に見て終わりですか。確実に何時扉が開くか聞くためにここに来たのですよ」

「なら俺が言います。この扉直ぐ開きます」

最初はただ危険な場所に近付いているからだと思ったが。

『第六感』が警告していたのはもうすぐアジ・ダハーカがこの扉から出てくるから。

「今すぐ周りの人達を逃がして下さい。その人達死にます」

俺はロウを構え臨戦態勢に入った。

「全員退避!! 今すぐ此処から逃げますよ! リュウも一緒に」

「いえ俺は残って時間稼ぎます。多分一分持てば良い方だと思うので早く逃げて下さい」

「なら私も」

「いえティアマトさんには眷族の迎撃をお願いします。多分眷族が大量に出てくる可能性もあるのでそちらから皆さんを護って下さい。それにティアマトさんの言葉なら皆素直に聞くでしょ?」

ちょっと笑いながらティアマトさんに言った。

「………全員急いで! 道具類はみな置いていって構いません!! リュウ……御武運を。そして直ぐに戻ります」

ティアマトさんはドラゴンの姿に成りながら周りの人達を国に帰す。

本当に出来る限り早く帰って来てくださいよ、俺弱っちい……いやここは自信持って迎撃しますか。

……………ん？　スキルが変化してる。

『五感強化』『第六感』が統合して『生存本能』になってた。

効果は二つのスキルに『限界突破』が追加された感じか？

『限界突破』の効果は自身の脳内リミットの解除？　なんだそれ？　もしかしてあれか、火事場の馬鹿力的な感じか？

…………それって潜在能力しだいの運スキルじゃねーか!?

あーどーしよ、土壇場でスキルを手に入れたのは良いが内容がビミョーだ、これって強くなったのか？

すると突然扉が光った！

これって完全に封印が解けた合図か!?

光が収まると扉が少しずつ開いてきた。

中から出てきたのは白亜の巨体に何処かの民族衣装の様なズボン、太く長い蜥蜴の尾、一対の……表現し難い翼、そして三つの蛇の様な頭がある二足歩行のドラゴンがいた。

全身からとてつもない質量の黒いオーラが無駄一つなく、全身を覆っている。

そしてその存在から体が重く感じるほどの威圧感が俺にのし掛かる。

こいつが現れると分かってから感じるのはこいつが本当に危険な存在であるという事と、圧倒的な恐怖と絶望感だけだ。

何度も勇者を退けていった貫禄とでも言うべきなのか、対面するだけで心が、本能がここから逃げろと警告を発し続ける。

一分持てばいいと言ったがこれだけの力を感じると一秒すら持つか分からない。

これに勝て？　無茶苦茶言うな昔の人は!!　無責任過ぎるだろ!!

ドラゴンは三つの頭をばらばらに動かし何かを見ている。

『お前だけか？　私を待っていたのは』

……まさか言葉を話すとは思ってなかった。

「そうだよ、残りの人達は先に逃げてもらった。あんたが復活した事を知らせるためにな」

俺も良く言い返せたもんだ。

てかこれリルと初めて会った時と似てるな。

『そうか、それでお前は何の為に残った』

「時間稼ぎだよ。あんたをここに留まませるためにね」

『……蛮勇だな』

「でもやらなきゃいけないのが今だ」

俺はずっと構えを崩してない。

一応何時でも動けるように体勢を保っていた。

「このままお喋りで時間稼ぎ出来るならその方が俺も嬉しいが、そっちはどうよ」

『なら始めよう勇者よ。我が試練を受けると良い』

アジ・ダハーカが構えた。

あ〜あ負けしか見えない戦いに首突っ込むようになったとは俺も成長したのかね？

「俺は勇者じゃなくてただの調教師だ。ダハーカ」

『そうかそれは失礼した。それと名を教えて貰えるだろうか？』

「リュウだ」

『ではリュウよ。我が試練受けると良い!!』

ダハーカの周りに攻撃魔方陣が三桁で展開された。

「やってやるよダハーカ!!」

絶望しかない戦いが始まった。

「うおおおおぉぉぉぉぉ!!」

ダハーカの股の下をくぐり抜け最初の攻撃は避けた。

『ほう、速いな』

それだけじゃねーよ！

ダハーカの背に一本の線が付いた。

俺がすれ違いに斬っておいた。

俺だってそれなりに強くはなってんだよ。

って血が出すぎじゃないか？　感覚としては薄皮斬った感じだったが。

『ふむ。調教師とは思えん動きと容赦の無さだ。こいつらではどうだ？』

げ!?　地面がうねったりぐにゃぐにゃし始めた！

まさかこれが？

地面からリザードマンもどきの様な生物と手足のある蛇、爬虫類の特徴をぐちゃぐちゃにしたような生物が地面から這い出てきた。

「うわキモ」

『いけ』

ダハーカの指示で襲い掛かる化物達、俺はそいつ等の頭を切り落とす。

あ、頭落としてもまだ動くな、なら全身切り刻む方が良いか。

化物なら楽勝か、後は捌ける量を間違えずダハーカにダメージを増やすのが無難か。

『ほう。眷族では話にならんか。なら私自ら攻撃した方が試練になるか』

「試練試練ってあんたは何がしたい。今までの攻撃全部軽くだったろ、何がしたい」

背中の傷もわざと避けなかった。

わざわざ眷族を召喚して攻撃したのはわざとだろう。

『……………私が求めるのは私を殺す勇者だ。我々邪龍は勇者に殺される事でその存在を終える。だから待っていた、私を殺す勇者を』

「生物が死を望むとは初めてだよ。大抵は死にたくないって言うもんだと思ってたが」
『**その為の試練だ。リュウよ、私はお前に殺されたい**』
全くお前は変わり者過ぎる。
でもそれなら敬意を持って全力で殺しにいこう。
「……アジ・ダハーカ、お前の命貰い受ける」
『**こい！　私も全力で参ろう!!　付加術(エンチャント)!!**』
術によるドーピングかよ！
こいつはどこまでも魔術師だ、自身が勝つためにあらゆる魔術を使うドラゴン。
身体一つで攻める俺より手札が多すぎる！
ダハーカの拳は見ただけで重いと分かる、直接受けるのは危険だ。
それを避けてロウで突き刺すがろくに刺さらない!?
そこにダハーカの拳が！
「がふっ！」
やっべ、想像以上に飛んだ。
『覇気』で身を守ってたのにダメージ有りかよ！
『自己再生』で細かい傷は直ぐ塞がるがこりゃ長期戦になればなるほど俺が不利だ。
『**死ね**』

!?　五桁の魔方陣が俺の目の前にあった。

「うおおおぉぉぉぉぉ!!」

魔力放出を全力位放出でどうにか対応したがダハーカにろくなダメージが無い……マジで死ぬかも俺。

しかも呪いの類いがあったのか身体が怠い、命に直結しているものじゃなくて助かった、いや関係無いか。

まだ目の前にダハーカがいる。

『今ので死なないか。随分とタフな調教師だ』

考えろ俺の手札で奴に勝てるものは？　魔力量と身体能力はほぼ五分、術はあっちが圧倒的に勝ってる。

……勝っているのは生きたいと思っている部分だけか？

あーちきしょうやっぱり俺、一人じゃ何も出来ないのか。

なら頼るか、皆に。

『お前も私を殺すには力及ばなかったか。残念だ』

安心しろダハーカ。

今本当の意味で全力を出してやる！

俺はダハーカをいきなり斬り付けた。

『………この攻撃力はまさか『限界突破』？』

「ソッコーでバレるとは流石アジ・ダハーカだ。出来れば使いたくなかったんだけどね。使わせてもらうよ」

『限界突破』は自分の意志で自身の脳内リミットを解除するスキル。

つまり火事場の馬鹿力の状態になるわけだが、これには大きなデメリットが存在する。

使いすぎると身体の方が付いてこなくなる。

意志と関係無く身体が限界に来れば解除されるし、それでも無理やり使い続けた場合死ぬ。

まさに限界を突破し、身体を虐め続ける禁断のスキル。

しかし攻撃力はピカイチで初めてダハーカにダメージを与えた。

血が吹き出し、眷族が大量に召喚された。

『お前正気か？　それともそのスキルの危険性を知らないのか』

「知ってる上で使ってんだよ。じゃないとあんたに一発殴る事すら出来ない。さあ始めようアジ・ダハーカ、俺とお前がどっちが先に死ぬか試練といこうや」

ふたたび構える俺にダハーカもふたたび構える。

『楽しめそうだ。リュウはどうだ？』

「出来ればただの喧嘩として何度も楽しみたい」

『ククク、それはとても良い案だが私は邪龍。命の全てを使いこの戦いを楽しみたい』

「そりゃ残念。ならこの一戦を互いの魂に刻み込もう。死んでも恨むなよ」

『それは私の台詞だ』

お互いに防御を捨てた殺し合いが始まった。

俺はまずダハーカに向かって殴った。ダハーカも拳を繰り出し、俺とダハーカの拳が正面からぶつかった。

正直言ってダハーカの拳の方が重い。単なる重量の差だけではなくダハーカの纏う覇気がより拳を硬く、重くしているのだろう。

俺も覇気で身を守っているが向こうの方が完全に格上、同じスキルであっても質が違えば破られるのが弱い方なのは目に見えている。

だから俺は後ろに跳んだ。いくら限界突破で無茶をさせていても軽減できるダメージは軽減するべきだ。

下がった俺に向かってダハーカは即座に魔術を使用する。数は先程より少ないが余裕で三桁に近い数の魔術を使い、攻撃してくる。

俺は覇気をより固めて防御するがどうやら攻撃に混じって呪いの類があるらしく、力を籠めにくい。

俺の動きが鈍くなった隙にダハーカの拳が俺に突き刺さる。俺のあばら骨も数本折れたが自己再生で修復、ダハーカの拳の余波で俺の後ろにある木が何本もへし折れる。

しかし俺は巨大なダハーカの拳を受け止め、ロウで腕を切り裂く。そこから更にダハーカの眷属が現れるが連続でロウを振るう事で現れた眷属を切り刻む。もちろんダハーカもだ。

だがダハーカは直ぐに逆手で俺を殴り飛ばす。俺は殴られた衝撃を逃がすために空中で回転してから着地した。

やはり効率的にダメージを与えるにはロウを振るうしかない様だが、魔術はろくに覚えていない。ダハーカなら簡単に相殺するだろうからやはりここは下手に魔術を使用しないで自分が最も自信のある攻撃で攻めるしかない。

そう思い、バカみたいに同じ事を繰り返す。

しかし同じ事を繰り返していれば対応されるのは必然だ。

ダハーカは俺の動きを予測して攻撃が当たらなくなってきた。それでも俺は思考しながら攻撃を続ける。

俺もダハーカの動きを予測する事で対応を少しでも早く行うために身体と頭を動かし続ける。

そう思っていた時にダハーカの眷属に後ろから襲われた。

頭は蜥蜴だが体は獣のようなタイプで俺の背中に噛み付いてくる。正直覇気の防御を突き抜けてくる攻撃は爺さん達伝説級の存在以外で初めてだ。俺がこの眷属を切り伏せている間にダハーカの爪が俺の腹の肉を抉った。

抉られた事に驚きはない。ただ攻撃によってダハーカに隙が出来たとしか考えていない。

またロウを振るったが致命傷にはならなかった。また傷口から新たな眷属を増やしただけでまるで命に届く気配すらない。

とにかく今は増やし過ぎた眷属を先に片付ける方が先か？

でもダハーカがそれを簡単には許さない、すぐさま魔術の雨を降らせて俺を襲う。

ダハーカの眷属は誰かに任せるしかないのか？　だが現在俺の方に来られる存在はいない。

皆ダハーカの眷属と戦い、国を護ろうと必死なのだ。そんな中で気軽に助けを呼ぶ暇もないし、それで逆に戦場が崩される可能性だってある以上無理だ。

仕方ないし、もうしばらく俺一人で。

『素直に助けを呼んだら？』

『いつでも行けるよ』

不意に、リルとカリンの声が頭の中に響いた。

『元々一緒に戦うつもりだったのに置いて行くから寂しいわ』

『私の炎なら雑魚眷族なんて皆燃やせるよ』

戦闘中に言う声色じゃないな。

その言い方だとまるで家に置いてきた子供が拗ねているような言い方じゃないか。

ダハーカとの戦闘の最中だというのに妙なリラックスが出来た。無駄な力が抜け、動きが少しだけ良くなる。

　でもお前達を危険にさらしたくない。

『それ本気で言ってる？　私達は魔物よ。戦いなんて日常茶飯事』

『私は生まれてそんなに時間が経ってないけどそのぐらいは分かるよ。今は戦わないといけないって』

『『だから呼んで、すぐに行くから』』

　…………頼む。けどダハーカの眷族達だけでいい、ダハーカとの決着は俺一人で付けさせてくれ。

『分かった、邪魔はしない。行くよカリン』

『うん!!　待っててねパパ！』

　さて、これで眷族達はどうにか出来そうだな。

　あと俺がするべき事はとにかくこいつを一撃で倒せるまで弱らせる事！

　気力は回復した。呪いによる効果は食らっても無視！　どうせ限界突破で身体の中は壊れかけてるんだ、ならあとは本能のままに襲い、殺す事だけを考えろ。

　ダハーカを見て感じろ、俺はどこまでも調教師、生物の動き、つまり筋肉の動き方は今までの攻防で覚えた。ならあとはそれを信じろ。この壊れかけの身体でどのように戦うのが最も効率的なのかだけを思考しろ！

　考えを纏めて俺は再びダハーカに襲い掛かる。

こいつの身体の構造はそこまで人間と変わらない。さらに筋肉の量、形状は誤差があるが関節の動きは人間とほぼ同じ、ならどうしても動かせない領域は存在する。そこを狙ってロウで切り裂く。

眷族の大量出現は完全に無視してダハーカだけを狙い、襲う。

その姿勢にダハーカは雄叫びを上げて俺を嬉しそうに殺しに来るのだった。

『生存本能』を使ってからどのぐらいの時間が経った？

一秒がやけに長く感じる。

あれから俺達は互いを殴り、斬り、蹴り、魔術と魔力がぶつかり合った。

ダハーカから出てくる眷族の相手もしないといけないので俺は少し疲れていた。

とにかく出し惜しみしている暇は無くただただ生きるために暴れ続ける。

目に血が流れても拭う暇も無く、むしろ攻撃のために無視する。

おかげで龍皇国がどうなっているか気にする暇も無くただダハーカを倒す事だけを考えていた。

それ以外考えられなかった。

それでも楽しいと思っている俺がいるのも驚く。

この何時死ぬかわからん戦いが楽しい。

互いの命を削り、ただ生き残るための戦いにどこか清々しさすら感じる。

悪意は無い。

善意も無い。

戦いの意味は生き残るため。
「がぁっ!!」
俺はまたダハーカを斬り、血を流させる。
『ふんっ!!』
今度はダハーカが俺を殴り、打撲を作る。
正直『限界突破』も限界に近い、後はただの根性勝負。
だからもうすぐだ。
もうすぐ俺のとっておきが来る。
それまでせめて生き残らないと。
『まさかここまでやるとは思って無かった』
ダハーカは自身を治癒の魔術で回復する。
正直ズルいと思うがこれから俺がするのもズルに入るかもしれないからな。
文句は言わないでおく。
「そりゃ……どうも。ちっぽけな人間も………少しは…出来るだろ………?」
『ああ、想像以上だ。リュウよとても楽しい時間の提供に感謝する』
「まだ終わってねーよ。………後ちょっとだけ………驚かしてやるよアジ・ダハーカ」
もうすぐ来る、俺のとっておきが!

『ではそれを見せてみろ！』

その時、遠巻きにいた眷族達が炎に包まれた。

紅く金色の混じった炎が眷族を焼き尽くす。

そして闇に紛れて現れた狼が爪と牙で滅ぼす。

『この炎はガルダか!!　それにフェンリルだと!!　我々の戦いを邪魔するか!!』

いやこれは邪魔じゃない。

俺が頼んだ結果だ。

「あいつらは俺の従魔でね、周りの眷族達が邪魔で仕方ないから焼いてもらうように頼んでたんだよ。お前の眷族が良いなら俺の魂の眷族も許されるよな、アジ・ダハーカ」

驚きを隠せないダハーカ。

しかし直ぐに理解したのか笑い出す。

『なるほど、『魂の眷族』か。リュウよお前はあのガルダとフェンリルに『名付け』をしたのだな。それなら許そう』

「安心しろダハーカ。俺が頼んだのはお前の眷族達だけ、お前の命を貰うのは俺だ！」

『いや、私がお前の命をいただく！』

もはや構える事も無く互いに突っ込む。

また互いに命を削り合う。

『念話』でリルやカリンが心配な声を上げるが、ただ大丈夫だと言い続ける。

それもきっともうすぐ終わる。

ただの勘だけどな。

ダハーカは傷を癒しながら俺を殺しに来る。

俺は傷だらけになりながらダハーカを殺しにいく。

そしてやっと終わりが見えてきた。

ダハーカが治癒をしなくなった、いや出来なくなった。

つまり魔力の限界がダハーカを襲った。

『ちっ』

ダハーカも自分の力のみで俺と戦い続ける。

俺の魔力は本当のちょびっとだけロウに流しておいた。

とどめを刺すための一撃だけは残せた。

『ここまでのようだな。リュウよ』

「最後まで何が起こるかわかんねーぞ。ダハーカ」

『いやおそらくお前の次の技で決まるだろう。なので先に言わせてもらう。楽しい時間をありがとうリュウ。ただただ楽しい、善も悪も無いどこまでも純粋な戦いをありがとう』

殺しにくすぎる。

全力で戦い、戦いの中で死のうとするこいつは本当に殺しづらい。

「…………いくぞアジ・ダハーカ」

『こい!!』

ロウの魔力を一直線に放出する。

更にティアマトさんに教えてもらった一点集中の無駄の無い攻撃で心臓を討つ。

これが俺なりの敬意。

一撃で終わらせる!!

「うおおおおぉぉぉぉぉ!!」

『生存本能』に『魔力探知』で心臓の位置を把握、そして『短剣使い』『身体能力強化』『覇気』の全力で応える。

そこにロウの中に溜めていた魔力を放出した。

漆黒の魔力がダハーカを貫き口から血を大量に吐き出す。

ダハーカは仰向けに倒れた。

『良い一撃だった。まさに限界を突破した全力の一撃。邪龍に、これ程の価値のある死はない』

どこまでも嬉しそうに死を受け入れている。

俺も死ぬ時これほどに死を受け入れられるだろうか?

「そういや試練試練言ってたが俺は合格か?」

『ああそうだ。大事な事を忘れていた。私の勇者よ、褒美は何がいい？　力か？　それとも私の魔術に関する知識か？』

「何でも良いの？」

『私が与えられる物なら』

言質は取ったぞダハーカ。

それなら……何だろう？　元々こいつから何かが欲しくて戦いに来たわけじゃないしな。

う〜んそうだな〜。

『早くしろ。先に死ぬ』

「なら俺とダチになれアジ・ダハーカ」

『……ダチ？　友になれと？』

「そうだ。俺はまたお前と喧嘩がしたい。その時も横一列の対等な関係でまた喧嘩したい」

本当はダチにさえなってくれればそれで良いんだけどね。

『ククク、これから死ぬ者にダチになれとこれまた珍妙な願いをする。ならこの贈物（ギフト）をやろう。友の証として持っていてくれ』

光の球の様な物がダハーカから俺の中に入った。

贈物（ギフト）の正体はスキル『魔賢邪龍』。これ相当持て余すスキルな気がしますが!?

『お前の中に私の魂の欠片を入れた。かなり時間がかかるだろうが私は再びお前の中から復活する

だろう』

………………あれ？　もしかして俺が生きてる間はダハーカも復活しほうだいとかじゃないよね？

あれ、俺もしかして世界的に相当ヤバい事しちゃったんじゃ!?

『では然らばだ。私の勇者、リュウよ』

「ちょっと待って！　俺たった今世界最大のヤバい奴になったんじゃ！」

アジ・ダハーカは質問に答える前に砂のように消えた。

………………俺更に何かの業を背負った気がす……る。

気が抜けたせいか俺は気を失った。

目を覚ますと真っ暗な場所にいた。

何度か経験したことのある暗い空間。

俺がここにいるって事はこれから『あいつ』からお説教を受けるのだろう。

まー今回はかなりの無茶をした自覚はあるし仕方ないか。

それにしてもなんだか頭が温かい。

『あ、起きた』

ひょっこりと俺の目の前に顔を出したこいつが俺の最初の従魔。

名前はウル。

種族はドラゴン。

今は人の姿に成っているから黒い髪を腰まで伸ばし、綺麗なお姉さんみたいになってる。

ずっと俺に魔力を供給してくれた一途なドラゴン。

そのドラゴンが今俺に膝枕してくれてた。

『何やってんのウル』

『見たまんまの膝枕。たまには私もリュウとイチャイチャするぐらい良いでしょ？』

『……怒ってねーの？』

『怒ってるわよ。また無茶して』

そのまま頭を包むように手をそっと頬に添えた。

『たまには心配する側の気持ちになってよ。今回はかなり危険だったのよ。二度と一人で突っ走らないで、私との約束』

俺はこの真っ直ぐな目に一度も勝ててない。

『分かったよ。ちゃんと皆に頼って生きてくさ。俺は弱っちい人間だからな』

『うん。それなら許す』

少しこの温かい感触に身を委ねているとふと思い出した。

『そういやダハーカの魂はどうなった？』

確かダハーカは魂の欠片を俺の中に入れたとかなんとか。

『あそこの卵みたいなのがそうだよ』

気になってその卵の近くに寄ると意外と綺麗な卵だった。

黒を中心にした色合いにさまざまな赤や黄、青に緑など星空のようにちりばめられている。

これがダハーカの魂？　マジで？

『邪龍と呼ばれるドラゴンは何も最初から邪龍だったわけじゃないよ。アジ・ダハーカの場合は知識欲、禁呪などに触れたり研究しているうちに邪龍と呼ばれるようになった。だから元々はただのドラゴン、魂の強いドラゴンだっただけ』

『…………たまに魂が強いって言うが魂の強さって何だ？　魂が強いと何が良いんだ？』

正直魂なんてみな同じだと考えていた俺には強いとか言われてもよくわからん。

『それ持ってこっち来て』

それってダハーカの魂か？

他に無いし持って行くか。

地面は無いのに歩いているよくわからん感覚でウルの後を追う。

すると先に何か光る球があった。

『これがリュウの魂。この中にアジ・ダハーカの魂を入れて、そうすればアジ・ダハーカは短い期間で復活する』

『え、それって大丈夫なのか？　他の魂と魂が混ざってヤバい事になんない？』

『大丈夫、アジ・ダハーカの魂はリュウのスキルとして存在するから二人の意思がごちゃ混ぜになったりしないよ。でもスキルとしてアジ・ダハーカの魂は残さないといけないからこうするしかないの』

ふーん？

つまりダハーカの魂を残すには俺の魂と一緒にした方が良いと？　しかも意識は混ざんないから大丈夫と？

なら入れてみるか、ダハーカも出来るだけ早く復活して欲しいし。

そう思って俺の魂にダハーカの魂を近付けるとあっさり入った。

俺の意識や感情に変化は無い。

『本当に上手くいったのか？』

『上手くいったよ。リュウがアジ・ダハーカをキチンと受け入れただけだから。それじゃリュウはそろそろ帰らなきゃ』

『なあ、ウルは何時俺の中から出られるんだ？』

俺はずっと気にしてた。

ウルはずっとこの何も無い空間で一人でいる。

それが寂しくないか、悲しくないか気になってた。

『寂しくないよ。ここはリュウの中だもん。むしろ心地良いぐらい』

『本当か？　俺に気遣ってるだけじゃ』

『本当にそんな事ない。リュウの中は温かくて、ほっとして、安心出来るそんな場所。むしろアジ・ダハーカがこの空間に来た方がヤダ。私がここを独り占めしてたのに』

可愛く頬を膨らませて言った。

『だからリュウは気にしないで。私は幸せだよ』

『……………なら良い』

幸せなら良い。

でもやっぱり外で、現実でまた一緒に居たい。

『なあウル。俺の魂ってそんなに凄いのか？』

『そりゃねぇ。何で勇者にならなかったのか不思議なぐらいだよ』

そうか、俺悪い意味でレアだったのか。

でも悪い意味でレアだったから選択肢が出来た。

『ウル、俺が『魔王』になったらウルは外に出れるか？』

本気の質問。

ウルは答えてくれるか。

『………出れるよ。でも魔王は止めた方が良い』

『何で？』

『あの人達は本当に化物みたいな人達ばっかりだから』

『ダハーカと殴り合った分既に化物みたいなもんだと思うけどな』

『……本気？』

『本気』

ウルは少し考えるとため息を一つついてから言った。

『『魔王』に成る条件は人間の魂を一万以上奪う事。リュウにそれが出来る？』

『気に入らない奴や殺しに来た連中を逆に殺せばあっさり集まるかもよ？』

『意外とあっさり言うね』

『俺が甘いのは身内や仲の良い連中だけだ。他の連中ならどこで死のうが構わない』

正直知らない連中がどこで幸せになろうが不幸になろうがどうでも良い。

俺が気にするのは身内の心配だけ、他人の事なんか知ったこっちゃない。

『はぁ、リュウも極端だよね。リュウとリュウの好きな人達が幸せなら良いって。しかもその他はどうでも良いって』

『人間突き詰めればそんなもんだと思うけどな』

俺に世界を救う力は無い。

でもやっぱり身内ぐらいは幸せに出来たら良いな、ぐらいは普通じゃね？

どこかを見るウル、すると俺に手をかざした。

『おはようの時間みたい』

『そっか。ならウル、またその内』

『またお喋りしようね、リュウ』

『ああ』

こうして俺の意識は現実に帰った。


目が覚めると寝てる俺の上に三人の美少女がいた。

リルとカリンはまぁ分かる。

でも何で王女がいる？　意味分からん。

「おはようございます。リュウ様、お身体は大丈夫でしょうか」

ティアマトさんが相変わらず気配を感じさせないで移動しているようで何より。

「多分大丈夫。三人分乗っかってるからよく分かんないけど」

「それは何より」

するとティアマトさんが思いっきり頭を下げた。

「申し訳ありませんでした」

「えっと？」

「直ぐに戻ると言っておきながら実際は眷族達に邪魔され助けに行けませんでした。これはその謝罪です。申し訳ありませんでした」

あ、あ～言ってたねそう言えば。

「仕方ないですよ。アジ・ダハーカがそれだけ厄介な相手なのは分かってた事じゃないですか。それより国への被害は？」

「一般市民は無事です。戦士達の一部は戦死しましたが当初予想していた被害数より少なくすみました」

「やっぱり戦死した人はいるんですね。残念です」

流石に被害無しに出来るとは思っていなかったがそれでも戦死者が出たと思うとやるせない。

「それでも多くの者達は助かりました。これも事実です」

「そっか。そういうもんか」

ならポジティブに救えた人の数でも数えるか。

今更だが何で三人も俺の上にいるの？

「ところでこの状況は？」

「リル様カリン様は妻だから共に居ると、オウカは勝手に潜り込んだようです」

ふーん、可愛いな俺の嫁達は。

そんなに甘えたかったのか？

「あ、今更だけど爺さんと親父さんに怒られるかも」

せっかく置いて来たのに結局戦場に呼んでしまった。

やっべ、殺されるかも。

「恐らく大丈夫ですよ。傷一つ付いておりませんでしたから」

「むしろ付いてたら殺される～」

俺の戦いはまだ終わってなかった!!

するとリルとカリンが俺の上でもぞもぞ動き出した。

起きるのかな？

「リュウおはよう……」

「パパおはよう………」

「はいおはよう」

まだ二人とも寝ぼけてるが起きたみたいだな。

「リュウもう大丈夫なの!?　身体は、痛いとことかない!?」

「パパ手動く!?　足動く!?」

「ちょっと待て二人共!?　いきなりどうした!!」

「だって昨日からずっと寝てたからかなりダメージが残ってると思って……」

「パパ気絶する直前もぼろぼろだったからこのまま起きないかもって思ったんだからね!?」

話から察するに一日中寝てたのか？　やっべ無駄な心配させちまった。

「大丈夫だって。ほら抱き締めてやる」

少し強めに抱き締めてあげる事で安心させる。

すると二人は大人しくなった。

「もう無茶はしないで……」

「パパが居なくなるの恐い……」

「……そっか。ならこれからはキチンと助けてもらう。だからもう泣くな」

抱き締めながら頭を撫でるとほんの少しだけ落ち着いたようだ。

そんなに心配掛けてたんだな。

これからは心配させないようにしないと。

「……」

ティアマトさんそのニコニコ顔で優しく俺達を見ないで、なんか気恥ずかしい。

「ところでリュウ、この子誰？」

あ、王女の事ね。

「こいつはこの国の王女で何故かこの間懐かれたみたい」

「へー、この子も従魔にするの？」

「え、なら私に妹出来るの!?」

なんか嫌そうなリルと嬉しそうなカリン。

あとカリンは魂の眷族を家族感覚でいるんだな。

「流石にそれは無理でしょ。こいつその内ここの女王候補なんだから」

「あら、結婚していただけるなら好きにして構いませんよ」

え、その話本気だったの!?

いやオウカが言ってたの聞いただけだけどさ!?

「「…………」」

無言の殺気が二人から溢れてきた!!

無言で頬を引っ張らないで、普通に痛いよ?

「ティアマトさんあの話本気だったのですか?」

「ええ、本気ですよ。この国のためなら何でもします」

やっぱ怖いってこの人！

平然と迫って来るのが特に!!

「それはこいつ本人の意思によるでしょ。流石にそこまでお膳立てしなくても大丈夫じゃ？」

「どうでしょう？　その子はなかなか素直にならないので叩かないといけない気がしまして」

「う〜ん。どうなんでしょう？　見た目は可愛いですし少し応募すればいっぱい集まって来そうですが？」

「可愛いと思うなら是非私の孫をもらって下さい。本当にお願いします」

「嫌ですよ。本人に迫られるならともかくその保護者に迫られるなんて。本人に言わせて下さい、その時はキチンと考えます」

流石にねぇ。本人が知らないところで話が進むのはねぇ。本人も遺憾だろ。

「だそうですよオウカ」

ティアマトさんが言うとビクッと反応した。

何だ寝てるふりしてたのか。

「おはよう王女」

「うむ、おはようなのだ……」

ま、寝起きに自分の見合い話みたいなこと聞いてたらそりゃ顔も赤くなるよな。分かる分かる。

「ちなみにいつから起きてた」

「その……リル殿とカリン殿が私のことを聞いてきたところあたりから………」

なるほどそりゃ起きにくいな。

「皆様起きたのでこれから朝食にいたしましょう。では準備してまいります」

一つお辞儀をしてまた空気のように消えたティアマトさん、マジ達人。

「それじゃ……飯までイチャイチャでもする？」

「「する!!」」

「えっと、なら私は私の部屋に戻るのだ」

「別に私は居ても構わないわよ」

「私も問題ないよ」

何故かリルとカリンが王女に待ったをかけた。

「良い……のか？　久々に会ったのだろう？」

「良いの良いの。この国でリュウがどう過ごしてたか教えて欲しいし」

「それ私も気になる！　教えて教えて!!」

こりゃ俺のほうが肩身が狭くなるかも。

「良いのか？」

王女が俺に聞いてくるが問題ないだろう。

「良んじゃね？　本人達が良いって言ってんだからさ」

「では話そうか！　リュウと私の出会いを!!」

あれ？　俺と王女のファーストコンタクトって最悪じゃなかったたっけ？

ま、面白おかしく話す分は良いか。

こんな感じで朝飯まで時間をつぶした俺達だった。

カード情報が更新されました。

『五感強化』『第六感』が統合、進化した結果、『生存本能』が追加されました。

更にスキル、『魔賢邪龍（アジ・ダハーカ）』が追加されましたが、魂の修復中のため一部のみ使用可能です。

よって現在のカード情報は

名前　リュウ
職業　調教師
性別　男
年齢　17
スキル　『調教師』『短剣使い』『身体能力強化』『生存本能』『魔賢邪龍』『魔力探知』『念話』
『自己再生』『覇気』『毒無効』『麻痺無効』『精神攻撃耐性』
魔術　火、水、風魔術　魔力放出
従魔　リル（フェンリル）カリン（ガルダ）

書き下ろし　平穏の中で

「私とリュウの出会いはな」

王女が早速喋り出す。俺と王女の出会いっていきなりあの喧嘩だったからな。

ベッドでごろごろして飯が出来るまで寝てるか。

「中庭で交友を深めていたところから始まったのだ」

「いきなりちょっと待て。いつ中庭で交友を深めてた？」

「深めていたではないか、拳で」

「あれを交友って言うか普通。いきなりお前の我儘（わがまま）が炸裂して俺のロウを奪おうとしたじゃねぇか」

「そうなの？　リュウ」

「ああ。後ろからちょこまかと付いて来てる気配があったと思ったらこいつだったんだよ」

「へー。どうしてパパのロウを欲しがったの？　ドラゴンって武器を使わないでしょ？」

「そういやまだ理由は聞いてなかったな。何でだ？」

カリンに言われて、今さらながら疑問に思う。ドラゴンという種族は武装をしない、と言うかする必要がない。

生まれ持った硬い鱗、鋭い爪と牙、そして何よりその生命力。冒険者の中ではドラゴン一匹を殺せば英雄の仲間入りも出来るし、その素材を売れば一生遊んで暮らせるほどの価値がある。

ダハーカは死後一滴の血も残さず消えてしまったが、もし残っていれば極上の素材として持って帰っていただろう。

「あ～それはドラゴンの習性と言うか……」

「習性？　もしかして伝承とかにあるカラスみたいな習性か？」

「あんな鳥と一緒にするな！　でも違うとは言い切れんが……」

「どういう事？」

「ドラゴンってのはきらきら光る綺麗な財宝を集める習性があるって言われてんだよ」

多分この城を探せば見つかるんじゃないか？　宝物庫的な場所が。

恐らくそこには目が痛くなる程の財宝があるはずだ。

「でもロウはキラキラしてないよ？」

「な、何となく価値がある財宝だと思ったのだ。昔から財宝の価値についてはお父様や他の者達からも教えてもらっていたからな」

「何の英才教育だそりゃ。鑑定士にでもなる気か」

俺の中では特に目立たない『鑑定士』。職業として登録されているものの一つだが『調教師』並みに微妙な職業だ。

貴族王族には専属の『鑑定士』がおり、商人から提示された商品の鑑定を行っていると聞く。そういった物はごく稀だが、大体は街中で野菜や肉などの価値などを決めたり、出品された芸術品が本物かどうか調べる事が多い。

大抵の多くの商人がその鑑定スキルを持っていて、粗悪品などを買わずに済むのに一役買っている。

「ドラゴンの目は特殊でな、そういった価値ある物の判別も付くのだ！」

「いや、それ普通に価値ある物を見て経験すれば済む話だから」

「鑑定スキル以外に他に覚えようと思ったことはないの？」

「薬師は習得しようとした事があるけど止めた。そこまで頭良くなかったからな」

「パパ薬作れるの！」

「本当に基礎中の基礎のポーションしか作れねーよ。効果もいまいち、持続性もいまいち。だから本格的に薬師になりたいと思った事は無いな」

「難しいんだね」

「難しかったな」

しみじみと言ってみたが本当に難しかったからな。それでも最初の頃は買うよりは安上りか、と思って頑張った時期もあったけど、結局頭が悪かったのも合わさってそっちの才能はないと悟ったからな。

「頭が良くなかったという割には生物の生態や、構造に関しては詳しいみたいだけど？」

「それはほら、調教師としての補正というか、好きこそものの上手なれというか、そんな感じで覚えていったからな。俺の場合、興味持ったものにとことん追求するタイプだから」

リルの疑問に答える。

実際様々な動物の生態や構造には興味があった。つい興味を持ち過ぎて失敗した事もある。死んだ動物の死体を解剖して筋肉の作り、骨の形など見ていた時に母親に見られて大騒ぎになった。お陰で母親は今でもそのトラウマが消えず、死体を見るとふらつく事が多くなった。

「そう。私達の知らないリュウも居るのね」

「本当だね。パパの昔の話もそのうち聞いても良い？」

「別にいいぞ」

特に黙っておきたい事もないからな。

「それよりリル殿とカリン殿の出会いはどんなものだったのだ？　そっちも気になる」

「お前の様に急な出会いだったよ。マジで驚いた」

「え、私も？」

カリンは不思議そうに言っているがあれはあれで驚いた。だっていきなり足元になんかの雛（ひな）が居たんだからな。

　リルの場合は出会いの後の拉致の方が驚いたけどな。

「そう言えばいつの間にあそこに居たんだ？　気付かなかったけど」

「えーっと匂いに誘われて」

「何だその理由。そんなに腹減ってたのか」

「うん。とってもお腹空いてた」

　何だか誤魔化すように目を逸らしているがカリンってよく考えると謎が多いな。何であの岩山に居たのか、何でいきなり俺の前に現れたのか、そしてなぜ親鳥が居なかったのか。

　今でこそ育って美人さんになったが出会った時は本当に小さな雛、どう見ても親鳥と一緒に居ないのは不自然だ。恐らく生まれた時に何らかのトラブルに巻き込まれたと見るべきなんだろうが本人はあまり気にしてほしくない様子、なら放っとくか。

「リルは俺に一目惚れだったよな？」

「何よそれ。それこそ誇張してる。他に良い人間がいなかっただけ」

　軽く冗談を言うと顔を赤くして否定した。

　当時は惚れてなくても今は惚れてくれてるんならそれでいいけどな。

「ま、冗談はおいといて俺はお前らと会えてよかったと感じてるからな」

「全く……」

「えへへ」

リルはそっぽ向いて、カリンは嬉しそうに笑う。

そんな様子を王女はじっと見ている。

「どうかしたか？」

「いや、ふと思ったのだが本当に仲が良いのだな。人間と魔物なのに」

「う～ん。そこはあれだ、俺が特殊なんだろうさ」

俺はリルとカリンを抱き寄せて二人の頭を撫でる。こうしていると本当に気持ちいい。

「人間だって普通は魔物の事を敵だと考えている存在の方が多い。人間より強いし、種類によっては人間並み、もしくはそれ以上の知識を持っているんだから人類の天敵と言えるだろうしな。俺は単にバカで脅威を脅威として見てないんだろう。言い方によっては嘗めてるって言われてもおかしくないかも」

自分の頭の中で考えを纏めながら言ってみる。俺は昔から動物は動物、人は人としか見てこなかった。

だからこそ俺はリルやカリンを脅威として見ずにこうしているんだろう。

「そうか、では勇者の様な考えの者の方が多いのか」

「だろうな。他にも教会が魔物を強く敵視してるってのもあるし色々あるもんだ」

「ま、我々ドラゴンも人間の事など基本どうでもよいからな。全く面倒な連中なのだ」

人間はドラゴンより圧倒的に弱い存在だから普通はドラゴン達の縄張りには入らない。しかし知っていても入る者はいる。

その理由として多いのは希少な植物を採取するのが目的だ。ドラゴンの魔力を浴びた植物は少し特殊な生長をする事がある。その特殊な生長によって薬効が高い物や杖や防具などに使える物が多く育つため侵入する。

侵入者は大抵ドラゴンと出会う前に逃げる。ドラゴンを倒せる存在などそう滅多に生まれるものではない。王女が言う面倒とは植物を盗んでいく癖に出会う前に逃げているからだろう。

「そっちはそっちで大変そうだな」

「うむ、必要以上に盗んでいく者が一番たちが悪い。我々も使う事があるのだし、どうせ大した事には使わないのだから入って来てはほしくないのだ」

「どこにでも人間からの迷惑があるもんだな」

しみじみと言っているとノックがされた。扉から現れたのはティアマトさんだ。

「皆様。朝食の準備が出来ました」

「今行くのだ」

「分かりました。ほらお前ら、いつまでもくっ付いてないで離れろ。飯食いに行くぞ」

声を掛けるが二人はいまだに俺に甘えて離れない。

俺は仕方なく二人を引き離してから皆で朝食に向かったのだった。

あとがき

はじめまして、七篠と言います。

自分でもまさかの書籍化です。正直いまだ驚きと戸惑いが隠せません。新人でいまだどう書くのが正しい？　とかは分かりませんがまずはこの作品について書きたいと思います。

正直に申しますとこの作品は思いっきり趣味で書いていこうと思いました。動物が好きなので動物を混ぜながら冒険や戦い、ちょっと恋愛系も混ぜながら書いていきたいなーと思った程度で本当に書籍化と言う夢にも思っていなかったことが起きた時は本当に驚きました。

「小説家になろう」さんのメッセージから自分も知って読んでいたアース・スター様からご連絡をいただいた時は失礼ながら間違いかな？　と思いましたが思い切ってご連絡したところ本当でした。お話をいただいたばかりの時は「これで一生分の運使い果たしたんじゃね？」と本気で思いました。

それからはメールやお電話などのやり取りをしながら小説ってこうやって作られていくんだと感じながら作業し、ようやく本日皆様の手元にある訳です。多少苦労があったりもしましたが基本趣味で始めた事だったので比較的楽しく作業が進められたのは幸いだったかもしれません。

作業と言えはイラストを担当してくださった竹花ノート様、本当にありがとうございました。実を言いますとキャラクター達のイメージは出来ていたのですが具体的にと言われますと少しあやふやな部分もありました。しかし竹花様のイラストを見てより具体的に、より詳しく書く事が出来る様になりました。と言うか自分の作品のヒロイン達ってこんなに美少女だったんだと逆に思ってしまいました。

お陰様で今ではリル達の絵を見てやる気がググンと上がり、より執筆に力が入る様になりました。本当に竹花ノート様のおかげです。もう一度ありがとうございました。

そして担当してくださいました増田様、本当にありがとうございます。まだまだ不慣れな場所も多く、メールや電話でアドバイスや分からない所を丁寧に教えていただき本当に助かりました。追加した方が良い点、もっと楽しくなる点など教えていただいた事によってさらにより良い作品になったと感じます。

恐らくこれは自分一人では決して気付けず、よりよい作品にはならなかったと分かります。これからも未熟な自分の間違いや改善、もっと素晴らしい作品になるためにこれからもお願いします。

そして最後になりましたがこの作品を手に取って下さいました皆様、まだまだ未熟で拙い自分ですが出来れば長い目で見ていただけると幸いです。「小説家になろう」では原作と言うのでしょうか？「調教師は魔物に囲まれて生きています。」は連載中ですので気になった方は是非読んでみてください。

もし既に読んでいる方がおりましたら感想をいただけると幸いです。良い点、悪い点共に書いて下さって結構です。正直な感想からもっと改善しないといけない場面やここが良いという場面は自分では分からない事が多いのでよろしくお願いします。

まだまだ未熟な自分ですのでもう少し皆様のお力をいただけたらと思います。

では最後にこの本を手に取ってくれた皆様。そして担当してくれた増田様と、イラストを担当してくださいました竹花ノート様にあらためて感謝を。

少しでもこの作品を読んで楽しいと感じていただけると幸いです。

七篠 龍

祝！
一巻発売！

累計30万部突破の
大人気作!!
小説家になろう
50万作品の
年間ランキング
第2位!
続々重版中!
私、能力は
平均値でって言ったよね!
FUNA
5

調教師は魔物に囲まれて生きていきます。

発行 ―――― 2017年11月15日　初版第1刷発行

著者 ―――― 七篠 龍

イラストレーター ―――― 竹花ノート

装丁デザイン ―――― 百足屋ユウコ＋石田 隆（ムシカゴグラフィクス）

発行者 ―――― 幕内和博

編集 ―――― 増田 翼

発行所 ―――― 株式会社 アース・スター エンターテイメント
〒107-0052　東京都港区赤坂 2-14-5
Daiwa 赤坂ビル 5F
TEL：03-5561-7630
FAX：03-5561-7632
http://www.es-novel.jp/

発売所 ―――― 株式会社 泰文堂
〒108-0075　東京都港区港南 2-16-8
ストーリア品川
TEL：03-6712-0333

印刷・製本 ―――― 中央精版印刷株式会社

ISBN 978-4-8030-1131-9